柴田元幸翻訳叢書

アメリカン・マスターピース
戦後篇

AMERICAN MASTERPIECES
1948-1961

Selected and translated by
Shibata Motoyuki

スイッチ・パブリッシング

柴田元幸翻訳叢書

American Masterpieces: 1948–1961

目次

シャーリイ・ジャクスン――くじ　7
J・D・サリンジャー――バナナフィッシュ日和　23
ウラジーミル・ナボコフ――記号と象徴　47
ポール・ボウルズ――あんたはあたしじゃない　59
フラナリー・オコナー――善人はなかなかいない　77
フィリップ・K・ディック――プリザビング・マシン　105

ティリー・オルセン――あたしはここに立ってアイロンをかけていて　123
ジェームズ・ボールドウィン――サニーのブルース　141
ジャック・フィニイ――愛の手紙　201
バーナード・マラマッド――白痴が先　227
編訳者あとがき　246

ブックデザイン　鳩貝工作室

AMERICAN MASTERPIECES
1948-1961

Selected and translated by
Shibata Motoyuki

柴田元幸翻訳叢書

アメリカン・マスターピース
戦後篇

くじ
The Lottery
（1948）

シャーリイ・ジャクスン
Shirley Jackson

六月二十七日の朝は澄みわたった晴れの日で、夏の盛りの爽やかな暖かさに満ちていた。花は咲き乱れ、芝はみずみずしく青い。村人たちは十時ごろから、郵便局と銀行のあいだにある広場に集まりはじめた。町によっては人口も多く、くじに二日かかるので、六月二十六日に始めないといけないところもあったが、この村は人の数も三百程度なので、くじには二時間とかからず、午前十時に始めても村人たちが昼の食事に帰れる時間に終わるのだった。

むろんまず、子供たちが集まってきた。学校は夏休みに入ったばかりで、大半の子はまだ自由の気分になじんでおらず、騒々しい遊びを始める前にしばらく静かに固まっていることもしばしばで、話題にするのもまだ教室、先生、教科書、誰それが叱られたといった事柄だった。ボビー・マーティンはすでにポケット一杯に石を貯めていて、ほかの子たちもじきそれに倣い、一番滑らかで丸い石を選びはじめた。ボビー、ハリー・ジョーンズ、ディッキー・ドラクロワ――村人たちはその名を「デラクロイ」と発音したが――の三人がやがて広場の隅に大きな石の山を築き、ほかの子供たちが奪いにこないよう警備についていた。女の子は脇に集まって仲間内で喋りながらチラチラ男の子の方をふり返り、小さな子供たちは埃の中を転がったり兄や姉の手にしがみついたりしていた。

じきに男たちも集まってきて、自分の子供の様子を確かめ、種まきや雨、トラクターや税金の話をした。彼らは隅の石の山から離れて一緒に立ち、静かに冗談を言いあって、笑うにしても黙って微笑むだけだった。女たちは色褪せた普段着やセーターを着て、男連中より少し遅れてやって来た。たがいに挨拶を交わし、噂話をやりとりしながらそれぞれ夫の許に向かっていく。まもなく、夫と並んで立った女たちが自分の子供を呼びはじめ、子供たちは四回、五回呼ばれてやっとしぶしぶ来るのだった。ボビー・マーティンはつかまえようとする母親の手を逃れ、ケラケラ笑いながら石の山に駆け戻った。が、父親が厳しい声を上げるとすぐさま戻ってきて、父と一番上の兄のあいだに立った。

村の活動に注ぐ時間も精力もある人物ということで、スクエアダンス、ティーンエイジクラブ、ハロウィーンの催しなどと同様くじもサマーズ氏が指揮を執っていた。氏は丸顔の陽気な人物で、石炭販売に携わり、子供はいないし妻はガミガミ屋とあって人々は彼に同情していた。黒い木の箱を手にサマーズ氏が広場に現われると、村人たちのあいだにざわざわ話し声が生じ、氏は手を振って「皆さん、今日は少し遅くなりました」と声を上げた。郵便局長のグレーヴズ氏が三本脚の丸椅子を持ってうしろに続き、丸椅子が広場の真ん中に置かれるとサマーズ氏が黒い箱をその上に下ろした。村人たちは近よりはせず、丸椅子から一定の距離を置いて、サマーズ氏が「何人か、手伝ってもらえますかな?」と言ったときもまずはためらったが、やがて男二人――マーティン氏とその長男バクスター――が歩み出て、サマーズ氏が中の紙をかき回すあいだ丸椅子に載った箱を押さえていた。

くじに使う元来の道具はとうの昔に失われ、いま丸椅子の上に載っている黒い箱は村一番の年長者ウォーナー老人が生まれるよりもっと前から使われていた。新しい箱を作ってはどうか、とサマーズ氏は何度も村人たちに持ちかけていたが、ささやかであれ黒い箱が体現している伝統を断ち切りたがる者は一人もいなかった。一説によれば、現在の箱はかつての、ここに村を作ろうと最初に人々が移住してきた際に作った箱の断片を使って作られたということだった。毎年くじが終わったあとにサマーズ氏が新しい箱の件を蒸し返しても、結局何もなされぬまま話は立ち消えになった。黒い箱は年々見すぼらしくなっていき、いまではもう完全に黒くはなく、ある面などはひどく裂けて元の木の色が露出していたし、何か所かは色褪せたりしみが付いたりしていた。

マーティン氏とその長男バクスターにしっかり押さえてもらって、サマーズ氏が片手で黒い箱の中の紙をよくかき混ぜた。儀式の大半はすでに忘れられるか捨てられるかしていたので、それまで何世代も使われていた木切れの代わりに紙切れを導入することにはサマーズ氏も成功していた。村がひどく小さかったころには木切れも結構だったろうが、人口が三百を超えて今後ももっと増えそうだとなれば何かもっと箱に入れやすいものを使わないと、と氏は唱えたのである。くじの前の晩、サマーズ氏とグレーヴズ氏とで紙切れを用意して箱に入れたら、サマーズ氏の石炭販売店の金庫に持っていき、翌朝氏が広場へ持っていくまで鍵をかけておく。一年の残り、箱はいろんな場所に保管された。ある年はグレーヴズ氏宅の納屋だったたし、ある年は郵便局の床、また時にはマーティン食料雑貨店の棚に置かれたままのこともあった。

サマーズ氏がくじの開始を宣言するまでには、あれこれ手続きがあった。まずリストを作らないといけない。家系の長のリスト、それぞれの家系内のそれぞれの所帯の長のリスト、それぞれの家系内のそれぞれの所帯の構成者のリスト。それから、郵便局長がサマーズ氏をくじ執行人として正式に任命する。ひところはある種の朗誦《ろうしょう》のようなものがあったと一部の人々は記憶していて、節もないおざなりな詩歌をくじ執行人が毎年しかるべく吟じたということで、それを唱えるだか歌うだかする際に執行人があるポーズを取って立っていたと考える人もいれば、人々の中を歩き回ることになっていたと考える人もいたが、もう何年も前にこの部分は省かれるようになっていた。また、くじを引きに歩み出た人物一人ひとりに執行人が声をかける際に使うべき決まり文句も以前にはあったが、これも時とともに変わって、いまではやって来る人それぞれに執行人がとにかく何か言えばいいということになっていた。こうしたことすべてにサマーズ氏は非常に長《た》けていた。清潔なワイシャツにブルージーンズ姿で片手をさりげなく黒い箱に載せ、グレーヴズ氏とマーティン親子とえんえん喋っている氏は、いかにもこの役に相応しい貫禄ある人物に見えた。

やっとお喋りを終えたサマーズ氏が、集まった村人たちの方に向き直ったところで、セーターを肩に羽織ったハッチンソン夫人が広場に至る小道をそそくさとやって来て群衆のうしろに滑り込んだ。「すっかり忘れてたよ、今日のこと」と彼女は隣に立ったデラクロイ夫人に言い、二人は小声で笑った。「うちの亭主が裏で薪を積んでると思ってたんだけど」とハッチンソン夫人はさらに言った。「ふっと窓の外を見たら子供たちがいなくなってて、ああそうだ今日は二十七日だって思い出して飛んできたんだよ」。夫人がエプロンで両手を拭くと、デラクロイ夫人が「まあでも間に合ったよ。あっちでまだ話やってるから」と言った。

ハッチンソン夫人が首をのばして人だかりを見渡すと、夫と子供たちが前の方に立っていた。彼女はデラクロイ夫人の腕をとんとん叩いて別れを告げ、人混みの中を進んでいった。人々は愛想よく道を空けて彼女を通してやった。二、三人が人だかり越しにかろうじて届く声で「かみさんが来たぜ、ハッチンソン」「ビル、奥さん間に合ったぜ」と呼びかけた。ハッチンソン夫人が夫の許に着くと、待っていたサマーズ氏が陽気に「あんた抜きでやる破目になるかと思ったよ、テシー」と言った。ハッチンソン夫人はニヤッと笑って「皿を流しに入れっぱなしにしとけとは言わないでしょ、ジョー？」と言い、ハッチンソン夫人の登場で乱れた人々の位置が元に戻るとともに静かな笑い声が人の輪を流れていった。

「さて、それでは始めるとしようか」とサマーズ氏が真顔で言った。「さっさと終わらせて、仕事に戻らんと。誰かいない者はおるかね？」

「ダンバー」と何人かが言った。「ダンバー、ダンバー」

サマーズ氏がリストを調べた。「クライド・ダンバー。その通りだ。たしか脚を折ったんじゃなかったかね？　誰が代わりに引く？」

「あたしだろうね」と一人の女が言い、サマーズ氏がそっちを向いた。「夫がいなければ妻が引く」と氏は言った。「あんた、代わりに引いてくれる大きい息子はおらんかね、ジェイニー？」。サマーズ氏にもほかの皆にも答えはわかりきっていたが、そうした質問を公式に発するのがくじ執行人の仕事なのである。礼儀正しい興味の表情を浮かべて待つサマーズ氏に向かって、ダンバー夫人は答えた。

「ホレスはまだ十六ですからねえ」とダンバー夫人は残念そうに答えた。「今年はまだあたしが代わりをやるっきゃありませんねえ」

「結構」とサマーズ氏は言って、手に持っているリストにメモを書き入れた。それから、「今年はワトソンの息子が引くのか？」と問いかけた。

人だかりの中ののっぽの若者が片手を上げた。「はい、母と僕を代表して僕が引きます」と若者は言った。彼が落着かなげに目をしばたたかせ首をすくめると、人だかりの中からいくつか「いいぞ、ジャック」「お前にやってもらってお袋さんも幸せだなあ」といった声が上がった。

「さて、ではみんな揃ったかな。ウォーナー爺さんは来てるか？」

「ここにいる」と声がして、サマーズ氏はうなずいた。

サマーズ氏がえへんと咳払いしてリストに目を落とすと、突然の静寂が群衆の上に降り立った。「みんな、いいか？」と氏は呼びかけた。「では、私が名前を、家長を最初にして読み上げる。呼ばれた者は前に出て、箱から紙を一枚引く。全員が引き終わるまで、紙は畳んだまま持っている。よろしいか？」

もうさんざんやってきたので、こうした指示をみんなろくに聞いていなかった。大半は周りも見ずに、黙って唇を濡らしている。それからサマーズ氏が片手を高く上げて「アダムズ」と言った。一人の男が人だかりから離れて歩み出てきた。「やあ、スティーヴ」とサマーズ氏は言い、アダムズ氏も「やあ、ジョー」と返した。二人はにっと、おかしくもなさげに、落着かなげに笑った。それからアダムズ氏が黒い箱の中に手を入れ、畳んだ紙を一枚取り出した。そして紙の端をしっかり握り、回れ右して人の輪の中にそそくさと戻っていき、家族から少し離れて立った。手を見下ろしはしなかった。

「アレン」とサマーズ氏は言った。「アンダスン……ベンサム」

「最近はもうくじからくじまであっという間だねえ」一番うしろの列でデラクロイ夫人がグレーヴズ夫人に言った。「つい先週、こないだのをやった気がするよ」

「ほんとに早いねえ」グレーヴズ夫人が言った。

「クラーク……デラクロイ」

「うちの亭主だ」デラクロイ夫人が言った。夫が歩み出るのを息をとめて見守っている。

「ダンバー」とサマーズ氏が言って、ダンバー夫人が確固とした足どりで箱に歩み出ると、女たちの一人が「頑張ってよ、ジェイニー」と言い、もう一人が「立派なもんだねえ」と言った。

「次はうちだよ」とグレーヴズ夫人が言った。彼女が見守る前で、グレーヴズ氏が箱の側面から回ってきて、サマーズ氏に重々しく挨拶し、箱から紙切れをひとつ選んだ。いまではもう、人の輪のそこらじゅうで男たちが大きな手に小さな紙切れを持ち、落着かなげに何度もひっくり返している。ダンバー夫人は紙切れを手に息子二人と一緒に立った。

「ハーバート……ハッチンソン」

「行っといで、ビル」とハッチンソン夫人が言い、周りの人々が笑った。

「ジョーンズ」

「北の村じゃあ」とアダムズ氏が隣にいるウォーナー爺さんに言った。「くじをやめようって話が出てるそうですねえ」

ウォーナー爺さんはふんと鼻を鳴らした。「馬鹿どもが」と爺さんは言った。「若い奴らときたら、何から何までケチつけて。あれじゃじき洞穴暮らしに戻ろうって言い出すぞ、もう誰も働かない暮らしに、そんな暮らしいっぺんやってみろってんだ。昔は『六月のくじ、実はじきたわむ』と言ったもんだ。あの調子じゃみんなハコベとドングリ煮て食う破目になるぞ」。そして爺さんはさらに「くじはいつだってあったんだ」と拗《す》ねたように言い足した。「ジョー・サマーズの小僧があそこでみんなと冗談言いあって、それだけでも見ちゃおれん」

「もうすでにくじをやめた村もありますよね」とアダムズ夫人が言った。

「そんなことしたら厄介が起きるばかりだ」とウォーナー爺さんはきっぱり言った。「馬鹿な若僧どもが」

「マーティン」。父親が前に出るのをボビー・マーティンは見守った。「オーヴァーダイク……パーシー」

「さっさとやってくれないかねえ」ダンバー夫人が上の息子に言った。「さっさとやってほしいよ」

「もうじき終わりだよ」息子が言った。

「終わったらすぐ、父さんに知らせに行くんだよ」ダンバー夫人が言った。

サマーズ氏が自分の名を呼んでつかつかと歩み出て、紙切れを一枚箱から選んだ。それから「ウォーナー」と呼び上げた。

「もうこれで七十七年目だよ」とウォーナー爺さんは人込みの中を進みながら言った。「七十七回目のくじだ」

「ワトソン」。のっぽの若者がぎこちなく人の輪から出てきた。「落着け、ジャック」と誰かが言い、サマーズ氏も「ゆっくりやれよ」と言った。

「ザニーニ」

そのあと長い間《ま》が、息を殺した間があったのち、サマーズ氏が自分の紙切れを掲げて「よし、それでは」と言った。少しのあいだ誰も動かなかった。それから、すべての紙切れが一斉に開かれた。突然女たちが一気に喋り出した。「誰かねえ?」「誰が当たったた?」「ダンバーさんのとこ？」「ワトソン一家かい？」。それからいくつかの声が「ハッチンソンだ。ビルだ」「ビル・ハッチンソンが当たった」と言った。

「父さんに知らせといで」ダンバー夫人が上の息子に言った。

人々はハッチンソン家の人々を探してあたりを見回した。ビル・ハッチンソンは静かに立って、手に持った紙を呆然と見下ろしていた。突然、テシー・ハッチンソンがサマーズ氏に向かって叫んだ。「あんた、ビルに選ぶ時間を十分くれなかったよ。あたしは見たんだ。フェアじゃなかったよ！」

「まあまあ、テシー」とデラクロイ夫人が呼びかけ、グレーヴズ夫人も「みんなおんなじ確率だったんだから」と言った。

「黙るんだ、テシー」とビル・ハッチンソンが言った。

「さて、皆さん」サマーズ氏が言った。「ここまでは割合早く済んだが、予定どおり終わらせるにはもう少し急がなくちゃいけない」。氏は次のリストに目を落とした。「ビル」と氏は言った。「あんたはハッチンソンの家系を代表して引いた。ハッチンソン家には、ほかに所帯があるかね？」

「ドンとエヴァがいるわよ」とハッチンソン夫人がわめいた。「あの二人にも引かせなさいよ！」

「娘は夫の家族の方で引くんだよ、テシー」サマーズ氏は穏やかに言った。「あんただってそれくらいわかってるだろう」

「フェアじゃなかったのよ」テシーは言った。

「いや、いないよ、ジョー」ビル・ハッチンソンは残念そうに答えた。「娘は亭主の家族の方で引く、それでフェアだ。そして俺は子供以外ほかに親戚はいない」

「それでは、あんたは家系を代表して引いたのであり」とサマーズ氏は整理した。「所帯を代表して引いたのでもあると。そうだね？」

「そうだ」ビル・ハッチンソンは言った。

「子供は何人だね、ビル？」サマーズ氏は改まった口調で訊いた。

「三人」ビル・ハッチンソンは言った。「ビル・ジュニア、ナンシー、それにデイヴ坊や。あとはテシーと俺だ」

「結構、それでは」サマーズ氏が言った。「ハリー、この人たちの紙は集めたかね？」

グレーヴズ氏がうなずいて、紙切れの束を掲げた。「じゃあそいつを箱に戻してくれ」とサマーズ氏が指示した。「ビルのも受けとって、中に入れてくれ」

「はじめからやり直すべきだと思うわ」とハッチンソン夫人が精一杯静かな声で言った。「言ったでしょ、フェアじゃなかったのよ。あんたはビルに選ぶ時間を十分与えなかったのよ。みんな見てたわよ」

グレーヴズ氏はすでに紙切れを五つ箱に入れ終え、ほかの紙はみんな地面に捨てた。風がそれらを吹き上げて運び去った。

「みんな、聞いてよ」ハッチンソン夫人が周りの人々に言っていた。

「用意はいいか、ビル？」サマーズ氏が訊ね、妻と子供たちをチラッと一目見てからビル・ハッチンソンはうなずいた。

「忘れるなよ」サマーズ氏は言った。「紙切れを取ったら、全員が取るまで畳んだまま持っていること」。ハリー、デイヴ坊やを手伝ってやってくれ」。グレーヴズ氏が小さな男の子の手を握ると、男の子は嫌がりもせず一緒に箱の前に来た。「紙をひとつ箱から取りなさい、デイヴィ」とサマーズ氏が言った。デイヴィは箱に手を入れてきゃっきゃっと笑った。「ひとつだけ取るんだよ」とサマーズ氏は言った。「ハリー、あんたが持っていてやってくれ」。グレーヴズ氏は子供の手を掴んで、きつく握ったこぶしから畳んだ紙切れを抜きとって自分で持ち、デイヴ坊やは隣に立ってよくわからないという顔でグレーヴズ氏を見上げた。

「次はナンシーだ」サマーズ氏が言った。十二歳のナンシーがスカートをしゅっしゅっと揺すって前に出て上品な手付きで紙切れを一枚取るのを、学校の友人たちは息も荒く見守った。

「ビル・ジュニア」とサマーズ氏が言い、赤ら顔で足もやたら大きいビリーは紙を取り出す際に危うく箱を倒してしまうところだった。「テシー」サマーズ氏が言った。彼女はしばしためらい、挑むように周りを見回してから、きゅっと唇を結んで箱の前に出た。そして紙切れをひとつひっ摑み、うしろ手に持った。

「ビル」サマーズ氏が言い、ビル・ハッチンソンが箱に手を入れて中を探り、少ししてからようやく、紙切れを掴んだ手を出した。

人の輪は静かだった。一人の女の子が「ナンシーじゃないといいけど」とささやき、そのささやき声が輪の端まで届いた。

「昔とは変わっちまった」ウォーナー爺さんがはっきりした声で言った。「人も昔とは変わっちまった」

「よし、それじゃ」サマーズ氏が言った。「紙を開きなさい。ハリー、デイヴ坊やのを開けてやってくれ」

グレーヴズ氏が紙切れを開けてそれを掲げ、何も印がないのを見てとると皆は一斉にため息を漏らした。ナンシーとビル・ジュニアは同時にそれぞれ開けて、二人とも目を輝かせ笑い声を上げながら人だかりの方を向いて紙切れを頭上にかざした。

「テシー」サマーズ氏が言った。間があって、それからサマーズ氏はビル・ハッチンソンを見て、ビルは紙を開いて、それを見せた。印はなかった。

「テシーだ」サマーズ氏が言った。ひどく静かな声だった。「テシーの紙を見せてくれ、ビル」

ビル・ハッチンソンは妻のところに行って、その手から紙切れを力ずくで奪った。紙には黒い点が描いてあった。前の晩に石炭販売店の事務室でサマーズ氏が太い鉛筆を使って付けた印である。ビル・ハッチンソンがそれをかざし、群衆からざわめきが生じた。

「それじゃ皆さん」サマーズ氏が言った。「さっさと済ませましょう」

儀式は忘れたし元の黒い箱も失くしていたが、村人たちは石を使うことは忘れていなかった。さっき男の子たちが作った石の山が待っていたし、紙切れが舞う地面にも石が転がっていた。デラクロイ夫人はものすごく大きな石を選んだので両手を使って持ち上げねばならなかった。彼女はダンバー夫人の方を向いて「さあ、急ぐよ」と言った。

ダンバー夫人は小さな石を何個か両手で持ち、息をゼイゼイ言わせながら、「あたしゃ全然走れないよ。あんた先に行っとくれ、あとから追いつくから」と言った。

子供たちはもう石を手にしていて、誰かがデイヴ・ハッチンソンに小石を一握り渡した。

空けられた空間の真ん中にいまやテシー・ハッチンソンは立ち、村人たちが迫ってくるなか、必死の形相で両手を突き出した。「フェアじゃないよ」と彼女は言った。石が一個、側頭部に当たった。

ウォーナー爺さんが「さあさあ、みんな」と言っていた。スティーヴ・アダムズは村人たちの先頭に立ち、かたわらにグレーヴズ夫人がいた。

「フェアじゃないよ、間違ってるよ」とハッチンソン夫人は金切り声を上げ、それからみんなは彼女に向かっていった。

バナナフィッシュ日和
A Perfect Day for Bananafish
（1948）

J・D・サリンジャー
J. D. Salinger

ホテルにはニューヨークの広告マンが九十七人泊まっていて、長距離回線を独占しているものだから、五〇七号室の女の子は電話がつながるまで正午から二時間半近く待たねばならなかった。でもそのあいだの時間はしっかり活用した。ポケットサイズの女性誌で「セックスは楽しい？　それとも地獄？」と題した記事を読んだし、櫛とブラシも洗った。ベージュのスーツのスカートについた染みも抜いた。サックスで買ったブラウスのボタンの位置を変え、ほくろに新たに出現した毛二本も抜いた。オペレーターがやっと電話してきたとき、女の子は窓際の作りつけの椅子に座って、左手の爪にマニキュアをほぼ塗り終えたところだった。

彼女は電話が鳴ってもいっさい何も中断しないタイプの女の子だった。電話なんて思春期に達して以来ずっと絶え間なく鳴っているみたいな顔をしていた。

小さなマニキュアのブラシを手に、女の子は電話が鳴っているのをよそに、小指の爪に取りかかり、爪半月のところにアクセントをつけていった。それからマニキュアの壜に蓋をして、立ち上がり、左の——濡れた方の——手を宙で前後に振った。そして乾いた方の手で、吸殻が山になった灰皿を窓際の椅子から取り上げ、ナイトテーブルまで運んでいった。電話はそのナイトテーブルに載っている。メークしてあるツインベッドの一方に女の子は腰を下ろし、それから——五回か六回鳴ったところで——受話器を手にとった。

「もしもし」と彼女は、左手の指をぴんと伸ばして白い絹のドレッシングガウンから遠ざけて言った。身に着けているのはそのガウンと、つっかけ靴だけ。指輪はバスルームに置いてあった。

「ニューヨークへのお電話がつながりました、ミセス・グラース」とオペレーターは言った。

「どうも」と女の子は言って、ナイトテーブルの上に灰皿を載せる場所を空けた。

女性の声が聞こえてきた。「ミュリエル？　あんたなの？」

女の子は受話器をわずかに回して耳から離した。「そうよ、母さん。元気？」と彼女は言った。

「あんたのこと死ぬほど心配してたのよ。どうして電話してこないの？　あんた大丈夫？」

「昨日の晩もおとといの晩も電話しようとしたのよ。ここの電話ったらずっと――」

「あんた大丈夫なの、ミュリエル？」

女の子は受話器と耳とが作る角度を拡げた。「大丈夫よ。暑いけど。フロリダでここまで暑い日は何十――」

「なんで電話してこなかったの？　あんたのこと死ぬ――」

「母さん、母さんたら、大声出さないでよ。ちゃんと聞こえてるから」と女の子は言った。

「昨日の夜も二度かけたのよ。一回は夕飯のすぐ――」

「あたし昨日父さんに言ったのよ、あんたがきっと今夜電話してくるって。なのに父さんったらよりによって――あんた大丈夫、ミュリエル？　ほんとのこと言ってちょうだい」

「大丈夫だってば。おんなじこと何度も訊かないでね」

「いつそっちに着いたの？」

「さあ。水曜の午前かしら、朝早く」

「誰が運転したの？」

「あの人よ」と女の子は言った。「ねえ母さん、興奮しないでよ。すごくていねいに運転したんだから。ほんと、びっくりしたわよ」

「あの人が運転したの？　ミュリエル、あんた約束したじゃゃ――」

「母さん」と女の子がさえぎった。「いま言ったでしょ。すごくていねいに運転したって。何しろ道中ずっと八十キロ以下よ」

「木を見て変なことやろうとしなかった？」

「言ったでしょ母さん、すごくていねいに運転したって。いい、ちゃんと聞いて。白線から離れないでねってあの人に頼んだのよ、そしたらちゃんとわかってくれて、ずっと離れなかったのよ。木だってね、見ないようにがんばってたのよ――横で見ててもわかったわ。ところで父さん、車もう修理してもらった？」

「まだよ、四百ドルかかるって言ってきたのよ、たかが――」

「母さん、シーモアが父さんに言ったでしょ、修理代は自分が払うって。何もそんなふう――」

「まあいいわよそれは。で、どんな感じだったのあの人――車のなかとかで？」

「普通よ」と女の子は言った。

「あんたのこと相変わらずあんなひどい――」

「ううん。新しい呼び方思いついたの」

「何？」

「なんだっていいじゃない、母さん」

「ミュリエル、母さんは知りたいのよ。父さんがね――」

「わかった、わかったわよ。あたしのこと今度はね、一九四八年ミス魂の売女《ばいた》、だって」と女の子は言って、くすくす笑った。

「おかしくありませんよ、ミュリエル。全然おかしくありませんよ。ひどいわよ。情けないわよ、実際。あんただって、あの人が戦――」

「母さん」と女の子がさえぎった。「ちょっと聞いて。あの人がドイツから送ってくれた本のこと、覚えてる？　ほら――あのドイツ語の詩の本。あたしあれどうしたかしら？　さんざん考えてるんだけ――」

「あるわよ、ちゃんと」

「ほんとに？　確か？」と女の子は言った。

「確かよ。だから、あたしが預かってるのよ。フレディの部屋にあるわ。あんたがここに置いてって、置き場所っていっても――どうして？　返せって？」

「ううん。ただね、訊かれたのよ、車で走ってる最中に。あの本読んだかって訊かれたの」

「だってドイツ語じゃない！」

「そうよ。でもそんなの関係ないの」と女の子は言って、脚を組んだ。「あれは今世紀ただ一人の偉大な詩人が書いた詩なんですって。翻訳を買うとかすべきだったって言われたわ。じゃなきゃドイツ語を覚えるとか」

「ひどいわねえ。ひどいわよ。情けないわよ、ほんとにまったく。昨日の夜も父さんが言ってたんだけど――」

「ちょっと待って、母さん」と女の子は言った。そして窓際の椅子まで煙草を取りにいき、火を点けて、ベッドの上に戻った。「もしもし？」と女の子は煙を吐き出しながら言った。

「ミュリエル。いいこと、よく聞きなさい」

「聞いてるわよ」

「父さんがね、シヴェツキー先生に相談したのよ」

「ふうん。で？」と女の子は言った。

「先生に何もかも話したのよ。少なくとも父さんはそう言ってるわ――ああいう人だからあれだけどね。木のことも。窓の一件も。おばあちゃまにいつ亡くなるつもりですかとかひどいこと訊いた話も。バミューダで撮ってきた素敵な写真をどうしたかも――何もかも話したのよ」

「で？」と女の子は言った。

「でね。まず、陸軍があの人を退院させたのはね、完璧な犯罪ですって——これ嘘じゃないのよ。シーモアが完全に自制心を失う可能性がある、非常に大きな可能性がある、そうすごくはっきりおっしゃったの。これ嘘じゃないのよ」

「このホテルにも精神科医いるわよ」と女の子は言った。

「だあれ？　なんていう人？」

「さあ。リーザーとかなんとか。すごくいいんだって」

「聞いたことないわね」

「ま、とにかく、すごくいいんだって」

「ミュリエル、生意気はよしなさい。あんたのことすごく心配してるのよ、あたしも父さんも。昨日の夜だってね、父さんたらね、帰ってこいって電報打とうって言っ——」

「あたしまだ帰らないわよ、母さん。だからカッカしても無駄よ」

「ミュリエル。これ嘘じゃないのよ。シヴェツキー先生がね、シーモアは完全に自制心を失う可能性——」

「まだ着いたばかりなのよ、母さん。あたし休暇なんてもう何年ぶりかなのよ。荷物まとめて帰る気なんかないわよ」と女の子は言った。「だいたいどのみち移動は無理ね。陽焼けがひどくてろくに動けないもの」

「陽焼けがひどいって？　鞄に『ブロンズ』入れといたでしょ、使わなかったの？　入れといたのよ、鞄の――」

「使ったわよ。でも焼けちゃったの」

「大変じゃない。どこが焼けてるの？」

「体じゅうよ、体じゅう」

「大変じゃない」

「死にやしないわよ」

「それで、ねえ、その精神科医の人と話したの？」

「うん、まあちょっと」と女の子は言った。

「で、なんだって？　話したときシーモアはどこにいたの？」

「オーシャン・ルームよ、ピアノ弾いてたわ。ここに来てから二晩ともピアノ弾いてる」

「で、お医者さまはなんだって？」

「べつに、特に何も。向こうから声をかけてきたの。昨日の夜、ビンゴで席が隣り合わせになって、あっちの部屋でピアノを弾いてるのはあなたのご主人ですよねって言ってきたの。ええそうですって言ったら、ご病気か何かだったんですかって訊くの。だから――」

「なんでそんなこと訊くの？」

「知らないわよ、そんなの。きっと顔色とかすごく悪いからじゃないの」と女の子は言った。

「とにかくね、ビンゴが終わったら、その人と奥さんに、よかったらご一緒に一杯いかがですって誘われたの。それで行ったわけ。この奥さんってのが最低でね。ねえ覚えてる、ボンウィットのウィンドウに飾ってあったあのひどいディナードレス？　母さん言ったでしょ、あんなの着るにはものすごく、ものすごく小さ――」

「緑のやつ？」

「それを着てるわけ。腰とかすごく太くて。同じことなんべんも訊くのよね、シーモアがスザンヌ・グラースの親戚かって――ほら、マディソン・アベニューであの店やってる。帽子店の」

「だけどなんだって？　お医者さまは」

「あ。うん、大したこと言わなかったわね、特に。だってバーにいたんだし。ものすごくうるさかったから」

「うん、そうだけど。でもあんた――あんた話したの、あの人がおばあちゃまの椅子をどうしようとしたかとか？」

「話さないわよ、そんなこと。あんまり細かいことは言わなかった」と女の子は言った。「たぶんまた話すチャンスあると思うわ。一日中バーにいるんだもの、あのお医者さん」

「で、何か言ってなかった、あの人がなんて言うか、こう――変なふうになる可能性とか？　あんたに何かするとか！」

「はっきりそうは言わなかったわね」と女の子は言った。「とにかくもっと事実を聞かないとですって。子供のころのこととか、みんな聞かないと駄目なのよね。とにかくね、話なんてろくにできなかったのよ、ものすごくうるさかったから」

「ふうん。あの青いコート、どう？」

「いいわよ。パッドを少し抜いてもらったの」

「今年のファッション、どうなの？」

「ひどいわよ。でもすごい豪華。スパンコールとか――ごちゃごちゃいっぱいあって」と女の子は言った。

「部屋はどう？」

「いいわよ。抜群じゃないけどね。戦争前に泊まった部屋は取れなかったの」と女の子は言った。「今年の人たち、ひどいものよ。ダイニングルームで隣の連中なんて、ほんと見せてあげたいわよ。すぐ隣のテーブルなの。トラックで乗りつけましたって感じ」

「まあどこでもそうよね。バレリーナドレスはどう？」

「長すぎるわ。言ったじゃない、長すぎるって」

「ミュリエル、もう一度だけ訊くわよ――あんた、ほんとに大丈夫？」

「大丈夫よ、母さん」と女の子は言った。「もうこれで九十回目よ」

「で、帰ってくる気ないの？」

「ないわよ、母さん」

「父さんが昨日の夜言ったのよ、あんたが一人でどこかに行ってじっくり考えるんだったらお金は喜んで出すって。素敵なクルーズとか。あたしも父さんも思ったのよ――」

「結構よ」と女の子は言って、組んでいた脚をほどいた。「ねえ母さん、これって電話代ものすご――」

「まったくねえ、あんたったら戦争中ずうっとあの人のこと待ってたのにねえ――ほかの女たちなんてみんな、亭主のことなんか――」

「母さん」と女の子は言った。「もう切らないと。シーモアがいつ帰ってくるかわかんないし」

「いまどこにいるの？」

「ビーチよ」

「ビーチ？　一人で？　ビーチでちゃんと普通にしてるの？」

「母さん」と女の子は言った。「母さんたら、あの人がまるで凶暴な変質者か――」

「そんなこと言ってませんよ、ミュリエル」

「でもそう聞こえるのよ。あの人、ビーチでただ寝転がってるだけよ。バスローブも脱がないで」

「バスローブを脱がない？　どうして？」

「知らないわよ。肌が真っ白だからかしらね」

「参ったわねえ。あの人、少しは陽を浴びるべきよ。あんた言ってやれないの？」

「わかってるでしょ、シーモアの性格」と女の子は言って、もう一度脚を組んだ。「阿呆な奴らに刺青《いれずみ》見られたくないんだって」

「刺青なんかないでしょ！　それとも軍隊で入れてきたの？」

「違うわ、母さん。違うわよ」と女の子は言って、立ち上がった。「ねえ、明日とかにまた電話するから」

「ミュリエル。よく聞いてちょうだい」

「はいはい」と女の子は言って、右脚に体重をかけた。

「いい、すぐに電話するのよ、もしあの人がちょっとでも変なことやったり、言ったりしたら――わかるわね。聞こえてる？」

「母さん、あたしシーモアのこと怖くなんかないわ」

「ミュリエル、約束してほしいのよ」

「わかったわ、約束する。じゃあね、母さん」と女の子は言った。「父さんによろしくね」。彼女は電話を切った。


「もっと鏡を見て《シー・モア・グラース》」と、母親と一緒にホテルに泊まっているシビル・カーペンターが言った。

「ねえ、もっと鏡見た《ディジュー・シー・モア・グラース》？」

「子猫ちゃん、もうそれ言うのやめて。ママほんとに頭がおかしくなりそうよ。ほら、じっとしてて」

カーペンター夫人はシビルの肩にサンオイルを塗っている最中だった。華奢な、翼のようなシビルの肩甲骨にオイルを広げている。ふくらませた巨大なビーチボールの上にシビルは危なっかしく座って、海の方を向いている。カナリアイエローのセパレーツの水着を着ているが、その一方が本当に必要になるのはまだ九年か十年先だろう。

「ほんとにごく普通の絹のハンカチなのよ――近くに寄って見ればわかるの」とカーペンター夫人の隣のビーチチェアに座った女性が言った。「知りたいわ、どうやって結んでたのかしらねえ。すごく素敵だったのよ」

「素敵そうね」とカーペンター夫人は同意した。「シビル、じっ、と、し、てて、猫ちゃん」

「もっと鏡見た？」とシビルは言った。

カーペンター夫人はため息をついた。「はい、できたわよ」と夫人は言って、サンオイルの壜に蓋をした。「さあ、遊んでいらっしゃい。ママはホテルに帰って、ミセス・ハベルとマティーニを飲みますからね。お土産にオリーブ持ってきてあげますからね」

解放されると、シビルはすぐさまビーチを平らな方に駆けていって、それからフィッシャーマンズ・パビリオンに向かって歩き出した。途中一度だけ、ぐしょぐしょに濡れて崩れたお城に片足をつっ込んだだけで歩きつづけ、じきに宿泊客専用エリアの外に出た。
四、五百メートル歩いてから、シビルはいきなり、ビーチの軟らかな砂の上を斜めに走り出した。そして若い男が仰向けに寝転がっているところまで来て、ぴたっと止まった。

「海に入るの、もっと鏡を見る《シー・モア・グラース》？」とシビルは言った。

若い男は身を硬くした。右手がさっと、パイル地のローブの折り襟に行った。男は腹ばいに向き直って、ソーセージ状に丸めて載せたタオルが目の上から落ちるままにし、すぼめた目でシビルを見上げた。

「やあ。ハロー、シビル」

「海に入るの？」

「君を待ってたのさ」と若い男は言った。「何かニュースは？」

「なあに？」とシビルは言った。

「ニュースは？　どんな予定？」

「パパが明日ヒコーキ、い、い、い、で来るの」とシビルは砂を蹴りながら言った。

「おいおい、顔にかけるなよ、ベイビー」と若い男は言って、シビルの足首に手を触れた。

「そうだよな、そろそろ来ていいころだよな君のパパ。僕もね、いまかいまかと待ってたんだ。いまかいまかと」

「女の人は？」とシビルが言った。

「女の人？」若い男は細い髪から砂を払い落とした。「それは難問だよ、シビル。どこにいるか、可能性は千くらいある。美容院で、髪をミンクに染めてるかもしれない。それとも部屋にいて、恵まれない子供たちのために人形を作っているかもしれない」。いまやうつ伏せに寝そべった彼は、両手ともこぶしを作り、二つ重ねてそのまた上にあごを載せた。「何かほかのこと訊いてくれよ、シビル」と彼は言った。「素敵な水着着てるね。僕に何か好きなものがあるとしたら、それは青い水着だよ」

シビルは目を丸くして彼を見て、それから、ふくらんだ自分のお腹を見下ろした。「これ、黄色よ」と彼女は言った。「これ、黄色」

「そうなの？　もうちょっと近くへ来てみてよ」

シビルは一歩前に出た。

「ほんとだ、君の言うとおりだ。馬鹿だなあ、僕って」

「海に入るの？」とシビルは言った。

「そいつを真剣に考えてる最中なのさ。じっくり考えてるところさ、君も喜んでくれるだろ」

若い男がときどき枕代わりに使っているゴムの浮輪をシビルはつっついた。「これ、空気入れなきゃ」と彼女は言った。

「そうだね。僕が認めたくないくらい多くの空気をこの浮輪は必要としている」。若い男はこぶしを外して、あごを砂の上に下ろした。「シビル」と彼は言った。「元気そうだね。君に会えて嬉しいよ。君のこと、話してくれよ」。彼は両手を前に伸ばして、シビルの両足首をつかんだ。「僕は山羊座」と彼は言った。「君は？」

「シャロン・リプシュッツが、ピアノの椅子に一緒に並んで座ったって言ってた」とシビルは言った。

「シャロン・リプシュッツがそう言ったの？」

シビルは首を大きく縦に振った。

若い男は彼女の足首を離し、両手を引っ込めて、顔の横を右の前腕に載せた。「それはさ、シビル」と彼は言った。「要するに成り行きというものでさ。僕はあそこに座ってピアノを弾いていた。そして君はどこにも見当たらなかった。そこへシャロン・リプシュッツがやって来て、僕の隣に座ったわけでさ。押しのけるわけにも行かないだろ？」

「行く」

「いやいや。駄目だってば。それはできないよ」と若い男は言った。「でも代わりにどうしたか知ってる？」

「どうしたの？」

「シャロン・リプシュッツのことをね、君だってふりをしたのさ」

シビルはとたんにしゃがみ込んで、砂を掘りはじめた。「海に入ろう」と彼女は言った。

「いいとも」と若い男は言った。「それならなんとかできると思う」

「また来たら、今度は押しのけて」とシビルは言った。

「押しのけるって、誰を？」

「シャロン・リプシュッツ」

「ああ、シャロン・リプシュッツね」と若い男は言った。「その名前、よく出てくるなあ。記憶と欲望を混ぜ合わせ……」。彼はいきなり立ち上がった。そして海を見た。「ねえシビル」と彼は言った。「こうしようじゃないか。バナナフィッシュをつかまえるんだ」

「何を？」

「バナナフィッシュさ」と彼は言って、ローブの帯をほどいた。そしてローブを脱いだ。肩は白くて細く、トランクスはロイヤルブルーだった。ローブをまず縦に折り、それから三つに畳んだ。目の上に載せていたタオルを広げて砂の上に置き、畳んだローブをその上に置いた。それから腰をかがめて浮輪を拾い上げ、腋の下に入れた。それから左手でシビルと手をつないだ。

二人は海に向かって歩き出した。

「君も昔はバナナフィッシュをたくさん見たんだろうねえ」と若い男は言った。

シビルは首を横に振った。

「見てない？　いったい君、どこに住んでるの？」

「わかんない」とシビルは言った。

「わかってるだろ。わかってるさ、もちろん。シャロン・リプシュッツは自分がどこに住んでるかわかってて、それでまだ三歳半だよ」

シビルは歩くのをやめて、手をさっと彼の手から引きはがした。そしてごく平凡な貝殻をひとつ拾い上げて、しげしげと眺めた。それから貝殻を投げ捨てた。「ワーリーウッド、コネチカット」と彼女は言って、お腹をつき出してまた歩きはじめた。

「ワーリーウッド、コネチカット」と若い男は言った。「それってひょっとして、ワーリーウッド、コネチカットの近くかな？」

シビルは彼の顔を見た。「そこに住んでるんだってば」と彼女は苛立たしげに言った。「ワーリーウッド、コネチカットに住んでるの」。そして彼の何歩か前に走り出て、左手で左の足先をつかんで、ぴょんぴょんと二度三度跳ねた。

「なるほど、それですべてはっきりしたよ」と若い男は言った。

シビルは足先を離した。「ねえ、『ちびくろサンボ』読んだ？」

「いやあ、奇遇だなあ」と若い男は言った。「たまたま昨日の夜に読み終えたところさ」。彼は腕を下ろしてふたたびシビルの手を握った。「君はどう思った？」と彼は訊いた。

「虎みんな、あの木の周りをぐるぐる回った？」

「もういつまでも止まらないかと思ったよね。あんなにたくさんの虎、見るの初めてだよ」

「六頭しかいなかったよ」とシビルが言った。

「六頭しか！」と若い男は言った。「虎六頭を、しかって言うわけ？」

「ロウは好き？」とシビルが訊ねた。

「何は好きかって？」と若い男が訊いた。

「ロウ」

「大好きさ。君も？」

シビルはうなずいた。「オリーブは好き？」と彼女は訊いた。

「オリーブ──好きだとも。オリーブとロウ。どこへ行くにもこの二つは欠かさないよ」

「シャロン・リプシュッツは好き？」とシビルは訊いた。

「好きだよ。うん、好きだとも」と若い男は言った。「あの子で特に好きなのは、ホテルのロビーで絶対子犬に意地悪しないところだね。たとえばあの、カナダ人のご婦人が連れてる、おもちゃみたいに小っちゃいブルテリアがいるだろ。信じないかもしれないけど、あんな小っちゃな犬を、風船の棒でつっついたりする女の子がいるんだよ。シャロンはそんなことしない。絶対に意地悪しないし、ひどいことなんかしない。だから大好きだよ」

シビルは黙っていた。

「あたしロウソク嚙むの好き」と彼女はしばらくしてからやっと言った。

「誰だって好きさ！」と若い男は足を濡らしながら言った。「わあ！ 冷たいな」。彼は浮輪を水面に浮かべた。「いや、ちょっと待って、シビル。もう少し沖に出てからね」

二人で水中を歩いていって、水がシビルの腰の高さまで来た。若い男は彼女を抱き上げて、浮輪の上に腹ばいになるように下ろした。

「君、水泳帽とかかぶらないの？」と彼は訊いた。

「離しちゃ駄目よ」とシビルは命じた。「ちゃんと押さえててよ」

「ミス・カーペンター。お言葉ですが。手前、己の役割はしかとわきまえております」と若い男は言った。「君はとにかく目を開けて、バナナフィッシュがいないか見張っていてくれたまえ。今日は絶好のバナナフィッシュ日和だからね」

「一匹も見えないよ」とシビルは言った。

「無理ないさ。奴らの習慣はものすごく変わってるからね。ものすごく」。彼はなおも浮輪を押した。水は彼の胸にも達していない。「奴らは実に悲劇的な生涯を送る」と彼は言った。「知ってるかいシビル、奴らがどういうことをするか？」

　シビルは首を横に振った。

「奴らはね、バナナがたくさん入ってる穴のなかに泳いでいくのさ。入ってくときはごく普通の見かけの魚なんだ。けどいったん入ると、もう豚みたいにふるまう。バナナの穴に入って、七十八本バナナを食べたバナナフィッシュを僕は知ってるよ」。彼は浮輪とその乗客を水平線に三十センチ近づけた。「当然ながら、そんなに食べたらものすごく太っちゃって、二度と穴から出られなくなる。ドアを抜けられないのさ」

「そんなに遠くに出しちゃ駄目」とシビルは言った。「それでどうなるの？」

「どうなるって、何が？」

「バナナフィッシュ」

「ああ、バナナを食べすぎてバナナの穴から出られなくなったあとかい？」

「そう」とシビルが言った。

「うん、それが言いづらいんだけどね、シビル。死んじゃうのさ」

「どうして？」とシビルは訊ねた。

「うん、バナナ熱にかかっちゃうんだ。恐ろしい病気なんだよ」

「波が来た」とシビルが不安げに言った。

「無視するさ。知らん顔するんだよ」と若い男は言った。「俗物《スノッブ》二人、波を無視《スナッブ》」。彼はシビルの足首を両手で握って、ぐっと下に、そして前に押した。浮輪は波頭をかろうじて越えた。水がシビルの金髪をびしょ濡れにしたが、彼女の悲鳴はさも嬉しげだった。

　浮輪がふたたび平らに戻ると、シビルは自分の手で、濡れた髪の平べったい帯を目から拭いとって、「いま一匹見えた」と言った。

「見えたって、何が？」

「バナナフィッシュ」

「まさか、そんな！」と若い男は言った。「そいつ、口にバナナくわえてた？」

「うん」とシビルは言った。「六本」

　浮輪から垂れているシビルの濡れた足の一方を若い男はいきなり手にとって、その土踏まずにキスした。

「ちょっとぉ！」と足の所有者がふり向きながら言った。

「ちょっとぉなもんか！　そろそろ帰るよ。もう十分だろ？」

「まだ！」

「悪いね」と若い男は言って、シビルが降りるまで浮輪を岸に向けて押していった。それから先は抱えて持っていった。

「じゃあね」とシビルは言って、ホテルの方角に、残念そうな様子もなく駆けていった。

若い男はローブを着て、折り襟をきつく閉じ、タオルをポケットにつっ込んだ。ぐっしょり濡れて持ちにくい浮輪を取り上げ、腋の下に入れた。軟らかい、熱い砂の上を、ホテルに向かって一人とぼとぼ歩いていった。

海水浴客用に用意されたサブメイン・フロアで、鼻に亜鉛華軟膏《あえんかなんこう》を塗った女が一人、彼と一緒にエレベータに乗り込んだ。

「僕の足を見てますね」と、エレベータが動き出してから若い男は女に言った。

「は？」と女は言った。

「僕の足を見てますね、って言ったんです」

「失礼ですけど、わたくし、床を見ていたんです」と女は言って、エレベータの扉の方を向いた。

「僕の足を見たいんだったら、そう言えよ」と若い男は言った。「こそこそ見るのはやめてくれ」

「ここで降ろしてくださいな」と女は早口でエレベータ係の若い女に言った。

扉が開いて、女はふり向きもせずに出ていった。

「こっちはごく当たり前の足が二つあるだけなのに、なんだってわざわざじろじろ見たがるんだ」と若い男は言った。「五階を」。彼はローブのポケットから部屋の鍵を取り出した。

五階で降りて、廊下を抜けて、鍵を開けて五〇七号室に入った。部屋は新しいカーフスキンの鞄と、除光液の匂いがした。

ツインベッドの一方に横になって眠っている女の子の方を、若い男はちらっと見た。それから荷物を置いたところに行って、鞄のひとつを開けて、パンツやアンダーシャツの山の下からオートギース七・六五口径オートマチックを取り出した。弾倉を外して、眺め、もう一度挿入した。撃鉄を起こした。それから、空いている方のベッドに行って腰を下ろし、女の子を見て、ピストルの狙いを定め、自分の右こめかみを撃ち抜いた。

記号と象徴
Signs and Symbols
（1948）

ウラジーミル・ナボコフ
Vladimir Nabokov

1

この四年で彼らがこの問題に直面したのは、これで四度目だった。精神が治癒不能に錯乱した若者に、いかなる誕生日プレゼントを持っていくべきか。彼はいかなる欲望も持たない。人工物は彼にとって、自分だけが認知しうる邪悪な行為が蠢《うごめ》く悪の巣であるか、または、彼の棲む抽象的世界にあって何の使い道もない粗野な気休めでしかなかった。彼が気分を害したり怯えたりしかねない品（たとえば機械的な仕掛けのあるものはいっさいタブー）を何点か斥けたのち、両親は上品で無害な、他愛もない品を選んだ。十種それぞれ違うフルーツゼリーが入った、十個の小さな壜が並ぶバスケット。

彼が生まれた時点で、両親はもうずいぶん長いあいだ結婚していた。以来二十年あまりの時が過ぎて、いまでは二人ともすっかり老いている。妻のくすんだ白髪はぞんざいに結ってある。着ているのも安物の黒いワンピース。同年配のほかの女性たち（たとえばお隣の、顔じゅう化粧で桃色と藤色、帽子は川辺で摘んだ花の塊たるミセス・ソル）とは違い、妻は素顔の白い表情を、春の日々のあら探しする光にさらしていた。旧世界ではそこそこ羽振りのいい実業家だった夫は、いまではもう、この国に来てほぼ四十年になる本物のアメリカ人、弟のアイザックにすっかり依存していた。めったに会わないアイザックを二人は「殿様《ザ・プリンス》」と呼んでいた。

その金曜の夕方は、何ひとつ上手く行かなかった。地下鉄は駅と駅の途中で電流が途切れ、十五分のあいだ自分の心臓の律儀な鼓動と新聞がガサガサいう音以外何も聞こえなかった。次に乗るバスにははてしなく待たされ、やっと来たと思ったら騒々しい高校生の子供たちで一杯だった。サナトリウムに至る茶色い小径を歩いて行くなか、雨が激しく降っていた。それから二人はまた待った。いつものように息子が足を引きひき力なく部屋に入ってくる（貧相な顔はニキビだらけで髭の剃り方も雑で、不機嫌そうで戸惑ってもいる表情）かと思いきや、代わりに顔見知りの、二人とも嫌っている看護師がようやく入ってきて、晴ればれとした表情で、また自殺を企てましたと告げた。無事なんですけど、面会すると取り乱してしまうかもしれません。このサナトリウムはとにかく人手不足で、物があっさりなくなったり入れ替わったりしてしまう。彼らは事務所にプレゼントを預けるのをやめて、次の面会のときに持ってくることにした。

妻は夫が傘を開くのを待ち、それから夫の腕につかまった。夫は動揺すると妙によく響く咳払いをする癖があるが、いまもそれを盛んにやっていた。通りの向かいの、屋根のあるバス停にたどり着くと夫は傘を閉じた。一メートルばかり離れたところ、揺れて雨を垂らしている木の下、ちっぽけな、死にかけた、毛もまだ生えそろっていない鳥が水たまりの中で力なく震えていた。

地下鉄の駅までの長いバスの中、彼女は夫と一言も言葉を交わさなかった。夫の老いた手に目をやり（血管は膨らみ、皮膚には茶色いシミが浮かぶ）、傘の把手を握ったその手が細かく震えるのを見るたび、涙がこみ上げてくるのを感じた。何か気を紛らわせるものはないかとあたりを見回すと、乗客の中に、黒い髪で、薄汚い足の爪を赤く塗った若い女の子がいて、年上の女性の肩に寄りかかってしくしく泣いているのが目に入った。彼女はある種柔らかなショックに、同情と驚きの入り混じった感情に襲われた。あの年上の女は誰に似ているだろう？　レベッカ・ボルソヴナだ――娘がソロヴェイチク家に嫁いだレベッカ。ミンスク、何十年も前。

　このあいだ企てたとき、彼の採った方法は、医者の言葉では「独創の極致」だった。あれでもし、妬んだ患者仲間が、飛べるようになりつつあるのだと思い込んで止めたりしなかったら、きっと成功していただろう。実のところ彼が目指したのは、自分の世界に穴を開けて脱出することだった。

　彼の妄想がいかなる体系を有しているかは、学術誌に載った緻密な論文の主題にもなっていたが、彼女と夫はもっとずっと昔に自分たちで答えを割り出していた。「言及妄執症《レファレンシャル・メイニア》」とハーマン・ブリンクはこれを命名した。このきわめて稀な病に罹った患者は、自分の周りで起きていることすべてを、自分の人格と存在への言及だと思い込む。本物の人間たちについては、その陰謀から除外して考える――自分の方がほかの者たちよりはるかに知的だと見なしているからだ。一方、自然現象は彼がどこへ行こうとつきまとう。凝視する空に浮かぶ雲たちは、ゆっくりした合図によって、彼に関する信じがたいほど詳細な情報を伝達しあっている。夜になると、木々が暗い手ぶりでアルファベットを伝え、彼の心の一番奥に存する思考をめぐって議論している。小石、シミ、陽光のまだらなどがパターンを形成し、何らかの恐ろしいやり方でメッセージを発している。彼はどうにかそれを傍受しないといけない。すべては読み解くべき暗号であり、そのすべてにおいてテーマは彼なのだ。客観的観察に徹するスパイもいて、ガラスの表面、静かな水面などがそうである。店のウィンドウに並ぶコートのように、はっきり偏見を持った目撃者もいて、こいつらの本性はリンチも辞さない暴徒だ。さらに、流れる水、嵐など、狂気に近いほどヒステリックな者たちもいて、彼に関して歪んだ意見を有し、彼の行動を一々グロテスクにねじ曲げて解釈する。彼としてはつねづね警戒を怠ってはならず、生活の一分一分、あらゆる要素を物たちのうねりの解読に費やさねばならない。彼が吐き出す空気そのものまで索引が付され、ファイルに収められているのだ。これでもし、彼が引き起こす関心が、すぐ周りの環境のみに限られていれば――だが、ああ、そうではない！　距離とともに、途方もないスキャンダルの奔流は、量も饒舌さもむしろ増加するのだ。彼の血球のシルエットが、百万倍拡大されて広大な平原の上空を飛んでゆき、そのもっと向こうで、耐えがたい堅固さと高度を有する大きな山々が、花崗岩やうめき声を漏らすモミの木などを通して、彼という存在の究極的真実を要約しているのだ。

2

地下鉄の轟音と澱んだ空気から抜け出ると、昼の最後の残りかすが街灯の光と混ざりあっていた。夕食にする魚を買いたかったので、彼女は夫にゼリーの壜のバスケットを預け、先にアパートへ帰るよう言いわたした。夫は三つめの踊り場まで上がったところで、さっき部屋の鍵を妻に渡したことを思い出した。

階段に彼は黙って座り込み、十分ほどして妻が重たい足どりで、力なく微笑み、自分の愚かさに首を振りふり上がってきたときも黙って立ち上がった。二部屋の住まいに二人は入っていき、夫はまっすぐ鏡に向かった。両手の親指を使って、両の口許をぎゅっとのばし、仮面のようなひどいしかめ面を浮かべて、どうしようもなく具合の悪い新しい入れ歯を外し、口と歯とをつなぐ唾液の細長い牙を断ち切った。妻が食卓を準備するあいだ、彼はロシア語の新聞を読んでいた。そのまま読みながら、歯の要らない青白い食べ物を食べた。夫の気分を知り尽くしている妻も黙っていた。

夫が寝床に入ってしまうと、彼女は居間に残って、汚れたトランプの束と、古いアルバム何冊かを前にしていた。狭い庭の闇に並ぶ凸凹のゴミバケツに雨が当たってチリチリと鳴り、その向こうに連なる窓はどこも穏やかな明かりが灯っていて、うちひとつを通して、黒いズボンをはいて薄汚いベッドに仰向けになった男がむき出しの肱を突き上げているのが見えた。彼女はブラインドを引いて下ろし、写真を一枚一枚眺めた。赤ん坊の彼はたいていの赤ん坊以上にびっくりしたような顔をしていた。アルバムのポケットから、ライプツィヒで雇っていたドイツ人のメイドと、彼女の太った顔のフィアンセがこぼれ落ちた。ミンスク、革命、ライプツィヒ、ベルリン、ライプツィヒ、ひどいピンボケの斜めに傾いた家の前面。四歳、公園。不機嫌そうに、照れ臭そうに、額に皺を寄せて、いつも他人にそうしていたのと同じように、興味津々見ているリスから顔をそむけている。ローザ伯母さん――こうるさい、骨張った、目を大きく見開いた、破産や列車事故や癌の発症等々の悪い知らせから成る、恐れとおののきに満ちた世界で生きていた老齢の女性。やがて彼女が心配していた人々皆と一緒にドイツ軍に殺された。六歳――この年、彼は人間の手と足がついている驚異に満ちた鳥を描き、大人のように不眠症に悩まされた。彼のいとこ――いまや有名なチェスプレーヤー。ふたたび彼、八歳ごろ――すでに何を考えているのか理解困難になって、廊下の壁紙を怖がり、ある本の中の、丘の中腹に岩が並び葉の落ちた一本の木の枝から古い荷車の車輪が垂れている牧歌的風景が描いてあるだけの絵を怖がるようになった。十歳――一家でヨーロッパを去った年。恥、失意、屈辱的な困窮、支援学校で一緒だった醜い性悪の子供たち。それから、肺炎のあとの長い恢復期と重なったさまざまな恐怖症を両親が頑なに、途方もない神童特有の奇癖と見なした時期――それらの恐怖症はじわじわと、論理的に作用しあう妄想の濃密な絡まりと化していき、彼を普通の精神にはまったく届かぬ存在にした。

こうしたことを彼女は受け容れたし、もっと多くを受け容れた。結局のところ生きるとは、悦びが一つひとつ失われていくのを受け容れることなのだし、彼女の場合それは悦びですらなく、物事がよくなるかもしれないというただの可能性でしかなかった。自分と夫が何らかの理由ゆえに耐える破目になった、はてしない痛みの波を彼女は想った。何か想像を絶するやり方で息子を痛めつけている見えない巨人たちを想った。世界に含まれている測りしれぬ量の優しさを想った。この優しさが被《こうむ》る、踏みつぶされるか浪費されるか狂気に変容されるかの運命を。掃除もされていない片隅でひっそりハミングしている顧みられぬ子供たちを。そして農夫から隠れることもできぬ美しい雑草を――猿のごとく曲がった農夫の背中の影が、踏みつぶした花をあとに残していくのを雑草は空しく見つめ、そのさなかにもおぞましい闇が迫ってくるのだ。

3

午前零時を過ぎたあと、居間にいた彼女は夫がうめき声を上げるのを聞いた。まもなく夫がよたよたと入ってきた。寝巻きの上に、せっかく上等の青いバスローブを持っているのにそれよりずっと好んでいる、アストラカン織りの襟が付いた古い外套を羽織っている。

「眠れない」と夫は叫んだ。

「どうして」と妻は訊いた。「どうして眠れないの？　あんなに疲れてたのに」

「死にかけてるから眠れないんだ」と夫は言ってカウチに横たわった。

「お腹が痛いの？　ドクタ・ソロフを呼びましょうか？」

「医者は要らん、医者は要らん」と夫はうめいた。「医者なんか悪魔に喰われてしまえ！　あの子を早くあそこから出してやらないと。さもないと私ら責任を負うことになる。責任を！」と彼はくり返して、がばっと身を起こして両足を床に下ろし、握りしめたこぶしで額を叩いた。

「わかりましたよ」と彼女は静かに言った。「明日の朝連れて帰りましょう」

「お茶が飲みたい」と夫は言ってバスルームに入っていった。

彼女は難儀して腰を曲げ、カウチから床に滑り落ちたトランプ何枚かと写真一、二枚を拾い上げた。ハートのジャック、スペードの9、スペードのエース、エルザとその野蛮な恋人。

夫は上機嫌で、大声で喋りながら戻ってきた。「すっかり計画を立てたぞ。寝室はあの子に譲る。二人交代で夜どおしつき添って、交代でこのカウチを使う。代わりばんこにやるんだ。最低週二度は医者に診てもらう。殿様が何と言おうと知ったことか。どのみちそんなに文句は言わないさ、こっちの方が安上がりなんだから」

電話が鳴った。普通、この家の電話が鳴る時間ではない。夫の左足のスリッパが脱げていて、部屋の真ん中に立った彼はかかとと爪先でスリッパを探りながら、子供っぽく、歯のない口をあんぐり開けて妻を見た。彼より英語が得意なので、電話の応対は彼女の役割なのだ。

「チャーリーいますか」若い女の活気のない小さな声が聞こえた。

「何番におかけですか？　いいえ。番号違いですよ」

受話器がそっと置かれた。彼女の手が老いて疲れた心臓に当てられた。

「ああ怖かった」と彼女は言った。

夫はさっと一瞬微笑み、すぐまた興奮した一人語りに戻っていった。夜が明けたらただちに連れて帰りに行く。ナイフ類は鍵のかかった引出しに入れておかないといけない。どんなに悪いときでも他人には害を及ぼさない子なのだ。

電話がふたたび鳴った。同じ単調で不安げな若い声がチャーリーはいるかと訊いた。

「番号が違っているんです。どう違うか教えてあげます。あなたはゼロの代わりにO《オー》を回しているんです」

二人は座って、思いがけず華やいだ真夜中のお茶を飲みはじめた。誕生日のプレゼントはテーブルの上に載っている。夫はズルズルとお茶を啜《すす》った。顔が上気していた。何度か、砂糖をもっとしっかり溶かそうと、持ち上げたグラスを動かして輪を描いた。禿げた頭の側面の、生まれつきの大きなあざがあるあたりの血管がくっきり浮かび上がり、朝に髭を剃ったのに、銀色の硬い毛があごに現われていた。彼女がもう一杯お茶を注いでやっているあいだ、夫は眼鏡をかけて、明るい黄、緑、赤の小さな壜を楽しそうにもう一度眺めた。ぎこちない、湿った唇が、それら雄弁なラベルを読み上げる。アプリコット、グレープ、ビーチプラム、クインス。クラブアップルまで行ったところで電話がまた鳴った。

あんたはあたしじゃない

You Are Not I

（1948）

ポール・ボウルズ

Paul Bowles

あんたはあたしじゃない。あたし以外だれもあたしになれっこない。あたしにはそのことがわかってる。それにあたしは、きのう、列車事故のすきに門を抜けだしてから、じぶんがどこで、なにをしていたか、それもちゃんとわかってる。みんなすごく興奮していたから、だれもあたしに目もくれなかった。あの線路の上で、人がおおぜいケガをして、車両がめちゃめちゃにこわれたせいで、あたしのことなんかまるっきりどうでもよくなってしまったのだ。衝突の音を聞いて、あたしたち女の子はいっせいに土手をかけ下りて、猿の群れみたいに金網にへばりついた。ミセス・ワースは十字架を噛みながら、目を真っ赤に泣きはらしていた。きっと唇が痛かったのだろう。それともあの列車にじぶんの娘が乗っているとでもおもったのか。それはほんとうにひどい事故だった。だれが見てもまちがいなくひどい事故だった。春の雨のせいで、枕木を支えている土がやわらかくなって、それでレールが広がって列車が溝に落ちてしまったのだ。でもどうしてみんなあんなに興奮できるのか、あたしにはいまだにわからない。

あたしはまえから列車が嫌いだった。列車があそこを通りすぎるのを見るのも、となり町にむかって谷間のずっと奥のほうに消えていくのを見るのも嫌だ。あそこに乗ってる、なんの権利もないくせに町から町へと動いていく連中のことを考えると、腹がたってしかたがなかった。いったいだれに言われたっていうのか、「おまえはきょう切符を買ってレディングまで行ってよろしい。道中おまえは二十三の駅を通過して、四十の橋を渡り、三つのトンネルを通りぬけるであろう。それでもまだ行きたければ、レディングに着いてもなお先へ進んでよろしい」なんて、だれが言ってくれたっていうのか？　そんなことだれも言いやしない。あたしにはわかってる。そういうことをみんなに言ってくれる、親分みたいな人なんか、どこにもいやしない。でも、もしそんな人がほんとにいたら、なんて想像すると楽しい。もしかしたらそれは声だけの存在かもしれない。町じゅうの大通りに据えつけたスピーカーから流れる、とてつもなく大きな声。

老いぼれの毛虫が枝からたたき落とされたみたいに、ぶざまに横たわっている列車を見て、あたしは笑ってしまった。でも、血を流した乗客たちが窓からはい出してくると、あたしはしっかり金網にへばりついた。

あたしは中庭にいて、チーズクラッカーの包み紙がベンチの上に転がっていた。それからあたしは正門にいて、門はあいていた。表の道ばたに、黒い車がとまっていて、運転席に男が一人すわって煙草を喫っていた。あたしはその男に声をかけてあたしがだれだかわかるか訊いてみようかとおもったけど、やっぱりやめにした。晴れた朝で、空気はいい匂いだし鳥もたくさん飛びかっていた。あたしは道にそって丘をぐるっとまわり、線路まで下りていった。あたしはわくわくしながら線路の上を歩いていった。食堂車が横倒しになっているのって、なんだかすごく奇妙なながめだった。窓ガラスはぜんぶ割れていて、布のシェードがいくつか下りていた。木の上でコマドリが一羽さえずっていた。「そりゃそうだよね」とあたしはおもった。「こんなの人間の世界だけの出来事なんだ。もしほんとになにかが起きたら、鳥だって歌うのをやめるはずだ」。あたしは線路のわきの、石炭殻の土台の上を行ったり来たりしながら、草むらに倒れている人たちをながめた。男たちがその人たちを車両の前方の、踏切があるほうに運びはじめた。白い制服を着た女が一人いた。あたしはなるべくその女に近よらないようにした。

ブラックベリーの茂みを抜ける広い山道を行くことにした。途中小さくひらけた場所があって、そこに古い調理台が捨ててあった。調理台の下はゴミが山になっていて、きたない包帯やハンカチがいっぱいあった。一番下には小石が積みかさなっていた。あたしはまん丸の石をいくつか、それ以外のをいくつか選んだ。このあたりの土はとてもやわらかくて、じっとり湿っていた。汽車のところにもどると、走りまわっている人の数がさっきよりずっと増えたみたいだった。あたしは石炭殻の上に並んで寝かされている人たちのそばへ寄っていって、その人たちの顔をのぞいてみた。一人は女の子で、口がぱっくりあいていた。あたしは石をひとつ、その口のなかに落として、先へ進んだ。太った男がやっぱりおなじように口をあけていた。あたしは石炭のかけらみたいに鋭くとがった石をそこへ入れた。この調子じゃ石が足りないかもしれない、とあたしはおもった。かといって石炭殻じゃ小さすぎるし。年とった女が一人、そのへんを行ったり来たりしながらスカートで両手を何度もせわしなく拭いていた。女は長い黒の絹のワンピースを着ていて、ワンピースには一面、青い口の模様が入っていた。もしかしたら葉っぱのつもりかもしれないけど、形はまるっきり口だった。女は頭がおかしいみたいだったので、あたしはできるだけ近よらないようにした。突然、ぐちゃぐちゃに折れまがった金属の山の下から、いくつも指輪をつけた手が一本にょきっと出ていることにあたしは気がついた。金属を引っぱってみると、人の顔が見えた。女だった。口は閉じていた。あたしは石が入るようにその口をあけようとした。一人の男があたしの肩を乱暴につかんで、体ごと引っぱった。男は怒っているみたいだった。「なんの真似だ？」と男はわめいた。「気でも狂ったのか？」。あたしは泣きだして、この人はあたしの姉さんなんですと言った。たしかにその女はあたしの姉に似ていなくもなかった。あたしはしくしく泣きながら、何度も「死んじゃったわ。死んじゃった」と言った。男は怖い顔をやめて、片手であたしの腕をしっかりつかみ、うしろから押すようにしてあたしを列車の一番まえのところに連れていった。あたしは男の手をふりほどこうとした。と同時に「死んじゃったわ」とときどきくり返す以外はなにも言わないことにした。「大丈夫だよ」と男は言った。列車の先頭にたどり着くと、人がおおぜい土手の草の上にすわっていた。男はあたしをその人たちと並べてすわらせた。泣いてる人も何人かいた。それであたしは泣くのをやめて、その人たちをながめた。

どうやら外の暮らしも、なかの暮らしと変わらないみたいだった。やりたいようにやろうとすると、いつもだれかがじゃまするのだ。なかにいたころおもってたのとはまるっきり反対だ、とあたしはおもった。そうおもいながら口元がゆるんだ。まああたしたちのやりたいことっていうのはわるいことなのかもしれない。だけどどうしていつもいつも、あいつらばかりいいわるいを決める？　土手に腰を下ろして、生えたての草をむしり取りながら、あたしはそういうことをかんがえた。そしてあたしはおもった。なにがいいのか、こんどばかりはこのあたしが決めるんだ、そしてそれを実行するんだ、と。

まもなく、救急車が何台かやって来た。あたしたちみたいに土手にすわっている連中や、担架や外套の上に横になっている連中を連れに来たのだ。なぜだかはわからない。だってだれも痛がったりしていなかったから。あるいはほんとは痛かったのかもしれない。おおぜいいっしょになって痛がっていると、あんまり騒ぎたてたりはしないものだ。たぶんだれも聞いてくれないからだろう。もちろんあたしだってぜんぜん痛くなかった。だれかにきかれたらきっとそうこたえただろう。でもだれもそんなことききかなかった。奴らがきいたのはあたしの住所だ。あたしは姉の住所を教えた。そこなら車で三十分で行けるからだ。それにあたしは、なかに入るまえ、けっこう長いこと姉の家で暮らしていたのだ。まあもう何年も昔のことだとおもうけど。あたしたちはみんないっしょに救急車に乗って出発した。何人かは救急車のなかで横になり、あとはみんな、ベッドのついていない一台に乗りこんで、すわり心地のわるいベンチに腰かけた。あたしのとなりにすわった女は外国人らしかった。女は赤ん坊みたいにうううと泣いていた。見たところどこからも血は出ていなかった。車が走りつづけるなか、あたしは女を隅から隅までじっくりながめた。女はそれが気にさわったらしく顔をそむけたが、あいかわらず泣くのはやめなかった。病院に着くとあたしたちはみんな収容されて、検査を受けた。あたしの番が来ると連中は「ショックを受けたらしい」と言っただけで、家はどこかね、ともう一度きいた。あたしはさっきとおなじ住所を教えた。じきそいつらはまたあたしを連れだして、ステーションワゴンみたいな車の前部席の、運転手ともう一人の男——たぶん看護人だろう——のあいだにすわらせた。二人ともあたしに天気の話をしてきたけど、あたしはそんなかんたんにひっかかるような間抜けじゃない。ごくささいな話題でも、油断していると、あっというまに妙な具合になって、首をしめつけられてしまうのだ。二つの町のまんなかあたりまで来たところ、あたしは一度だけ「死んじゃった」と言った。「いやいやわからんよ、わからんもんだよ」と、子供にでも話しかけてるみたいな口調で運転手が言った。あたしはほとんどずっと下をむいてたけど、通りすぎるガソリンスタンドの数だけはちゃんとかぞえていた。

姉の家に着くと、運転手は車を降りて呼鈴を鳴らした。このあたりがこんなに醜かったことをあたしは忘れていた。似たりよったりの家々がぴったりくっついて建っていて、すきまにセメント敷の細い通路があるだけだ。どの家もとなりの家より何フィートか低くなっていて、長くのびた家並全体が巨大なひとつづきの階段みたいに見えた。子供たちがどの家の前庭も好きほうだい駆け回っているのか、芝生はどこにも見あたらず、地面はどこも泥ばかりだった。

姉が玄関に出てきた。運転手と二言三言ことばをかわすと、顔がさっと、すごく心配そうな表情になるのが見えた。姉は車のところにやって来て、なかをのぞきこんだ。メガネがあたらしく変わっていた。まえのやつより厚い。姉はあたしのことなんかぜんぜん見てないみたいだった。そして運転手のほうをむいて言った。「ほんとに大丈夫なんですか、この子?」

「もちろんですとも」と運転手はこたえた。「大丈夫じゃなけりゃこんなこと言いやしません。病院で徹底的に検査したばかりなんですから。ショックを受けただけです。平気平気、ゆっくり休めばまたよくなりますよ」。看護人が車を降りて、あたしを車から降ろし、玄関の階段をのぼらせてくれた。やろうとおもえばそんなこと一人で完璧にできるのだけど。姉が目のはしからあたしを見ているのがわかった。まえにもよくこうやってあたしを見たものだ。ポーチにたどり着くと、姉が看護人にひそひそ声で言うのが聞こえた。「あたしには大丈夫に見えませんけど」。看護人は姉の腕をぽんぽんとたたいて、「すぐよくなりますって。とにかく興奮させないように、それだけ気をつけてあげてください」と言った。

「いつもみなさんそうおっしゃるんですけどね」と姉はぐちっぽく言った。「でもけっきょくいつだって興奮しちまうんです、この子」

看護人は車に乗りこんだ。「ねえ奥さん、この子はどこもケガしちゃいないんですよ」。そう言ってドアをばたんと閉めた。

「ケガがなによ!」と姉はさけんで、車をにらみつけた。車が走りさって、丘のてっぺんまで上りつめ、それからカーブを曲がるまで、その動きを目で追っていた。あたしはまだうつむいてポーチの床を見ていた。これからどうなるのか、まだ見当がつかなかったからだ。あたしはよく、なにかがいまにも起こりそうだという予感がする。そんなときあたしは、ひたすらじっとして、それが起きるのを待つ。あれこれなやんだり、止めようとしたりしたってしょうがないのだ。でもこのときはべつに、なにか特別なことが起こりそうだという予感もなかった。でもこういう感じはあった。ここはひとつじっくり待って、姉に先にことを起こさせるにかぎる、そうすればきっとあたしのおもいどおりにやれるはずだ、と。姉はエプロン姿でそこにつっ立ったまま、かたわらの茂みからつき出ているネコヤナギの芽をつまんでは先っぽをむしり取っていた。姉はあいかわらずあたしを見ようとしなかった。そしてとうとうこうなるように言った。「まあとにかくなかへ入ろうじゃないの。こんな寒いところにいてもしょうがないから」。あたしはドアをあけて家に入った。

入ったとたん、姉が全体を建て替えたことがわかった。といってもまえのをひっくり返しただけだ。廊下と居間、という組合せはおなじだけど、まえは廊下が居間の左側にあったのが、いまは右になっている。ということは玄関のドアも右はじに移ったわけで、どうしてさっきそのことに気づかなかったのかあたしはちょっとふしぎだった。階段と暖炉までちゃんと位置を入れかえてある。家具自体はおなじだが、置き場所はそれぞれまえとは正反対のところになっていた。あたしはなにも言わないことにした。説明したければ姉のほうから説明してくるだろう。きっと貯金もぜんぶ使っちゃったんだろうな、とあたしはおもった。だけどこれじゃなにも変わってやしない。あたしは口を閉ざしていた。でもついつい、興味しんしんあたりをじろじろ見てしまうのだった。こまかい点一つひとつまで、すべて左右を逆転させてあるのだろうか？

あたしは居間に入っていった。センターテーブルのまわりの三つの大きな椅子はまだ古シーツにくるんだままだったし、ピアノーラの脇のフロアランプのシェードには、まえとおなじ破けたセロハンがかぶせてあった。あたしは笑いだした。場所をひっくり返しただけで、なにもかもがすごくこっけいに見えたのだ。姉が仕切りカーテンの房かざりをぎゅっとつかんで、あたしをにらみつけるのが見えた。あたしは笑うのをやめなかった。

となりの家のラジオがオルガンの曲を流していた。だしぬけに姉が言った。「すわんなさい、エセル。あたしちょっと用があるから。すぐもどってくる」。姉は廊下を抜けて台所へ入っていった。裏手のドアがあく音が聞こえた。

姉がどこへ行くつもりなのか、あたしにはよくわかっていた。姉はあたしのことを怖がっている。それでミセス・ジェリネクに応援をたのみに行ったのだ。まもなく、おもったとおり二人そろってやって来た。こんどは姉もためらわずまっすぐ居間へ入ってきた。顔は怒ってるみたいだったけど、でもなにも言わなかった。ミセス・ジェリネクというのはおとなりのグズでデブのおばさんだ。彼女はあたしと握手をして、「さてさて、古顔のご帰還ね！」と言った。あたしは彼女とも口をきかないことにした。この女は信用できないからだ。それであたしは横をむいてピアノーラのふたを持ちあげた。そして鍵盤をいくつか押してみたが、ストッパーがかかっていてどの鍵盤も動かなかった。あたしはふたを閉め、窓ぎわに行って外を見た。小さな女の子が一人、人形の乳母車を押しながら坂になった舗道を下っていった。女の子は何度もうしろをふり返って、乳母車の車輪がのこしたあとをながめた。乳母車が舗道のぬれた部分からかわいた部分へ移動すると、そういうあとができるのだ。あたしはミセス・ジェリネクなんかにつけ込まれまいと、ひとこともしゃべらずだまりこくっていた。そして窓ぎわのロッキングチェアにすわり、小声でハミングしはじめた。

まもなく二人はひそひそ内緒ばなしをやり出した。でももちろん話の中味はぜんぶあたしにも聞こえた。ミセス・ジェリネクは言った。「まだ入院してるとおもってたのに」。姉は言った。「わけがわかんないわ。あたしだってそうおもってたわよ。だけど連れてきた男ったら大丈夫ですの一点ばりなの。よく言うわよ。ぜんぜん変わってないじゃないの」。「そうよ、そうよねえ」とミセス・ジェリネクが言った。二人はしばらくだまっていた。

「冗談じゃないわ、こんなのがまんできないわよ!」と姉がとつぜん言った。「ドクター・ダンに文句言ってやらなきゃ」

「ホームに電話なさいよ」とミセス・ジェリネクも言った。

「もちろんよ」と姉はこたえた。「あんたはここにいて。あたし、ケイトがいるかどうか見てくる」。ケイトというのは反対どなりのミセス・シュルツのことだ。彼女のところには電話があるのだ。姉が出ていったとき、あたしは顔も上げなかった。あたしは大きな決断をしたのだ。それはつまり、この家にとどまること、どんなことがあってもあそこに連れもどされたりはしないということ。むずかしいことはわかってる。でもあたしには計画があった。じぶんの持っている意志の力をぜんぶつかえば、きっとうまく行くはずだ。あたしにはわかる。あたしの意志の力はすごく強いのだ。

まず大事なのは、このまましばらくおとなしくしていること。これからかけようとしている呪いを破るような言葉は、ひとことだって言っちゃいけない。精神をしっかり集中させることももちろん必要だが、それはあたしにとってはかんたんなことだ。これはきっと、姉とあたしとの戦いになるだろう。でもあたしには自信があった。あたしの意志は強いのだし、教育だって姉より受けている。だからこういう戦いにはぴったりなのだ。勝つ自信はある。あたしはただひたすら、胸のうちで、こうなれ、こうなれ、と念じつづければいい。そうすればちゃんとあたしの意志どおりにことは起こるのだ。ロッキングチェアにゆられながらあたしはじぶんにそう言いきかせた。ミセス・ジェリネクは廊下の玄関まえに腕組みをして立ち、たいていは玄関ごしに外を見ていた。ひさしぶりに、すごくひさしぶりに、人生が明快な、目的にみちたものであるような気がした。これなら大丈夫、きっとあたしの望みどおりになる。「だれもあんたを止められやしない」とあたしはじぶんに言った。

十五分たって、やっと姉がもどってきた。姉はミセス・シュルツだけでなくその弟まで連れてきていた。三人ともすこしびくついてるみたいだった。姉がミセス・ジェリネクに話すまえからあたしには事情が完璧にのみこめた。姉は病院に電話をかけてドクター・ダンを呼びだし、なんだってあの子を退院させたりしたんです、と文句を言ったのだ。すると、すっかり興奮しているドクターはこたえる――いいですか、ぜったい逃がしちゃいけませんよ、退院させてなんかいないんですから、どうやってかは知らんが脱走したんです、あの子は、と。脱走、という言い方をされてあたしはちょっとショックだった。でもまあかんがえてみればみとめないわけにはいかない。あたしはたしかに脱走したのだ。

ミセス・シュルツの弟が入ってくるとあたしは立ちあがり、怖い顔で弟をにらみつけた。

「まあまあ落ちついて、ミス・エセル」と弟は不安そうな声で言った。あたしは彼にむかってふかぶかとおじぎをした。すくなくともこの男は礼儀というものをこころえている。

「こんちは、スティーヴ」とミセス・ジェリネクが言った。

あたしは連中の一挙一動を見まもった。ここで呪いを破ってしまうくらいなら死んだほうがましだ。ここはひとつよほど気を入れないと、とおもった。ミセス・シュルツの弟は鼻の横をごりごりかいている。もう一方の手はズボンのポケットのなかでもぞもぞ動いている。この男についてはは面倒はあるまい。ミセス・シュルツとミセス・ジェリネクも姉に命じられた以上のことはしないだろう。それに姉にしたって、あたしのことを怖がっている。姉は昔からずっと信じていたのだ。いままでそんなことは一度もないけれど、いつかきっと、あたしに危害を加えられる日が来るにちがいない、と。いまここで、もしかしたら姉は、あたしがなにをやろうとしているか、わかっていたのかもしれない。でもたぶんそうじゃなかっただろう。もしわかっていたら、いちもくさんに家から逃げだしていたはずだから。

「いつ迎えに来るの？」とミセス・ジェリネクがたずねた。

彼らはみんな玄関口に立っていた。

「洪水の被害者たちは救出されたらしいですね。昨晩のラジオ、聞きました？」とミセス・シュルツの弟が言って、煙草に火をつけ、階段の手すりにもたれかかった。

なんて醜い家だろう。でもあたしの頭のなかにはもう、どうやったらもっとましになるか、あれこれアイデアが浮かんできていた。あたしのインテリアの趣味は抜群なのだ。でも当座はそういうことはなるべくかんがえないようにして、頭のなかで何度も何度も「あたしのおもいどおりになれ」とくり返した。

しばらくして、ミセス・ジェリネクが玄関わきに置かれたソファに腰かけ、スカートを左右に引っぱって直し、えへんとセキ払いをした。彼女の顔はあいかわらず赤く、真剣そうだった。あたしはおもわずゲラゲラ笑いだしそうになった。これからどういうことになるのか、こいつらにもしわかったら、みんなどんな顔をするだろう？

自動車のドアがばたんと閉まる音が表で聞こえた。あたしは外を見た。ホームの男が二人、家のまえの道をこっちへやって来る。もう一人だれかが運転席にすわったまま待っている。姉が玄関に飛んでいって、ドアをあけた。片方の男が言った。「どこです？」。そして二人ともなかに入ってきて、しばし立ちどまってあたしを見つめ、にやっと笑った。

「やあやあ、こんにちは！」と片方が言った。もう一方が姉のほうをむいて、「なにか厄介なことは？」と言った。姉は首を横に振った。「もうちょっと気をつけてくださってもいいんじゃないかしら」と怒った声で言った。「こんなふうにやすやす脱走できちゃうなんて、なにをしでかすか、わかったもんじゃないわ」

男はなにかぶつぶつつぶやいて、あたしに近よってきた。「俺たちといっしょに来ないか？きみに会いたがってる人がいるんだよ」

あたしは立ちあがり、二人の男にはさまれて、目を足もとのじゅうたんに釘づけにしたまま、ゆっくりと部屋を横ぎっていった。玄関口にたどり着き、姉の横まで来ると、あたしはコートのポケットに入れた手を出し、それをながめた。手のなかには例の石がひとつ入っている。すごくかんたんだった。二人の男が止める間もなく、あたしは手をのばして姉の口のなかに石を押しこんだ。あたしが触れる直前、姉は悲鳴をあげた。その直後、姉の口から血が流れていた。でもずいぶん長い時間がかかった。みんなじっと、ぴくりとも動かずに立ちつくしていた。と、二人の男があたしの腕をしっかり押さえていた。あたしは部屋の壁を見まわしていた。あたしの前歯が折れているのがわかった。唇は血の味がした。失神しそうだ、とあたしはおもった。あたしは片手を口へ持っていきたかったけど、男たちはあたしの腕を押さえつけていた。「ここがわかれ目だ」とあたしはおもった。

あたしはぎゅっと眼をつぶった。眼をあけると、なにもかもが変わっていた。あたしは勝ったのだ。はじめのいっしゅんはまだ、いまひとつはっきりと見えなかったけれど、その瞬間もうあたしには、長椅子にすわって両手を口に当てているじぶんの姿が見えた。視界がだんだんはっきりしてくると、男たちが姉の両腕を押さえているのが見えた。姉はすさまじい勢いで抵抗していた。あたしは顔を両手にうずめ、そのまま顔を上げなかった。連中は彼女を玄関の外に連れだそうとして、ついでにカサ立てをひっくり返して割ってしまった。磁器が彼女のくるぶしをしたたか打った。彼女は足をばたばたさせて、破片を廊下がわに蹴りかえした。あたしはゆかいだった。男たちは彼女を自動車まで引きずっていき、彼女を両側からはさんだまま後部席に乗りこんだ。彼女は歯をむき出しにしてわめいていた。でも町はずれに出たあたりでわめくのをやめ、こんどは泣きだした。それでも彼女はちゃんと、ホームへもどるまでの道すがら、ガソリンスタンドの数をかぞえていて、それはじぶんがおもっていたよりひとつ多かった。列車事故が起きたそばの踏切に来ると、彼女は外を見た。が、じぶんが反対側を見ていることに気づいたときには、車はもう線路をこえていた。

車が門を抜けてなかへ入ったところで、彼女は本気で取りみだした。夕ごはんにアイスクリームをあげるからね、と連中は何度も約束したけれど、彼女だってそれをうのみにするほどバカじゃなかった。二人の男にはさまれて表玄関のドアまで来ると、敷居のところで立ちどまり、コートのポケットから石をひとつ取りだして、それを口のなかに入れた。彼女はそれを飲みこもうとしたが、ノドにつっかえて息がつまってしまった。男たちは大あわてで彼女を小さな待合室まで引っぱっていき、石を吐きださせた。いまになっておもうとすごくふしぎなのだけど、彼女があたしじゃないことに、だれも気がつかなかったのだ。

　連中は彼女をベッドに寝かしつけた。朝になると彼女は泣く気もなくなっていた。もう疲れきってしまっていたのだ。

　いまは午後のなかばごろ、どしゃぶりの雨が降っている。彼女はホームでベッドの上に腰かけて（あたしがつかっていたベッドだ）、いっさいの出来事を紙に書きとめている。そんなことをやってみようなんて、昨日までは夢にもおもわなかったろう。でも彼女はもう、じぶんがあたしになったとおもっている。だからあたしがいつもやっていたことをぜんぶやろうとするのだ。

　家のなかはとてもしずかだ。あたしはまだ居間にいて、長椅子に腰かけている。その気になれば、階段を上がって彼女の寝室をのぞくこともできる。でもずいぶん長いこと二階には行ってないし、部屋の配置がどうなってるのかもあたしは知らない。だからとりあえずはもうしばらくここにいようとおもう。顔を上げると、階段の上に、色つきガラスの四角い窓が見える。紫色とオレンジ色、砂時計の模様。でも日光はそんなに入ってこない。となりの家がぴったりくっついているからだ。それにだいいち、ここでもやっぱり雨はざあざあ降っているのだ。

善人はなかなかいない
A Good Man Is Hard to Find
（1953）

フラナリー・オコナー
Flannery O’Connor

お祖母さんはフロリダに行きたくなかった。テネシー東部に住んでいる自分の親戚を訪ねたいと思って、事あるごとにベイリーの気を変えさせようとした。ベイリーというのは一緒に住んでいる彼女の一人息子である。いまは食卓の椅子の端っこに座り、背を丸めて『ジャーナル』のオレンジ色のスポーツ欄と睨めっこしている。「ねえほらベイリー、これ見てごらん、読んでごらん」とお祖母さんは言って片手を細い腰に当て、もう一方の手で新聞をガサガサ息子の禿げ頭に向けて鳴らした。「この『はみ出し者《ザ・ミスフィット》』とか名のってる男が連邦刑務所から逃げ出してフロリダの方へ向かってるんだよ、こいつが出会った人たちに何したか、ここ読んでみなよ。いいから読んでごらん。あたしだったら自分の子供を、こんな犯罪者がうろうろしてる方角に連れてったりしないね。そんなの自分の良心に申し分けが立たないよ」

ベイリーがスポーツ欄から顔を上げもしないので、お祖母さんはぐるっと回って今度は子供たちの母親と向きあった。母親はスラックスをはいた若い女性で、顔はキャベツみたいに横に広く無邪気で、顔に巻いた緑のスカーフはてっぺんが二か所ウサギの耳みたいにとんがっている。ソファに座り、壜からアプリコットを出して赤ん坊に食べさせていた。「子供たち、フロリダには前にも行ったんだし」と老いた婦人は言った。「たまにはどこかよそへ連れてってあげなくちゃ。世界のいろんな場所を見せてやって、見聞を広めさせるんだ。テネシーの東の方とか、行ったことないだろ」

子供たちの母親にはその言葉が聞こえてもいないようだったが、八歳になる、眼鏡をかけたずんぐりした男の子ジョン・ウェズリーが「フロリダに行きたくないんだったらうちにいりゃいいだろ」と言った。妹のジューン・スターと一緒に、床に広げた漫画欄を読んでいる。

「この人、一日女王になれたってうちにいやしないよ」とジューン・スターが黄色い頭を上げもせずに言った。

「そうかね、それであんたたち、この『はみ出し者』につかまったらどうするんだい？」とお祖母さんが訊いた。

「顔ひっぱたいてやる」とジョン・ウェズリーが言った。

「この人、百万ドルもらったってうちにいやしないよ」とジューン・スターが言った。「何か見逃すのが怖いんだ。あたしたちがどこへ行くにも、ついて来ずにいられないんだ」

「わかりましたよ、お嬢ちゃん」とお祖母さんは言った。「いま言ったこと、今度髪をカールしてほしいときに覚えときなよ」

あたしの髪は天然でカールしてる、とジューン・スターは言った。

翌朝お祖母さんは真っ先に車に乗り込んだ。支度はすっかり出来ている。カバの頭みたいに見える大きな黒い旅行鞄を隅っこに置き、その下に、猫のピティ・シングを入れたバスケットを隠していた。猫を三日も家に残していく気はなかった。自分がいなくて寂しがって、ガスバーナーにぶつかってうっかり窒息してしまうかもしれない。息子のベイリーは猫を連れてモーテルに行くのを嫌がった。

お祖母さんは後部席の真ん中に、ジョン・ウェズリーとジューン・スターにはさまれて座った。ベイリー、子供たちの母親、赤ん坊は前に座り、一行は八時四十五分にアトランタを発った。車の走行計は５５８９０マイルを指していて、お祖母さんはこれを書き留めた。帰ってきたときに何マイル旅してきたかわかったら面白いだろうと思ったのだ。車が町を出るのに二十分かかった。

老婦人はゆったり身を落着け、白い綿の手袋を脱いで、後ろのウィンドウの前の棚にハンドバッグと一緒に置いた。子供たちの母親はまだスラックスをはいていて、まだ顔に緑のスカーフを巻いていたが、お祖母さんはつばに白いスミレの束を載せたネイビーブルーの麦わら帽をかぶり、小さな白の水玉模様が入ったネイビーブルーのワンピースを着ていた。襟と袖口はレースを縁に飾った白いモスリンで、襟ぐりには布製の紫のスミレの束で匂い袋をくるみピンで留めていた。事故があったとき、ハイウェイで誰が彼女の死体を見ても、ああこの人はレディだとわかるだろう。

運転にはもってこいの日になりそうだね、暑すぎず寒すぎず、とお祖母さんは言い、ベイリーに向かって、制限速度は五十五マイルだよ、パトロールの警官が広告板や藪の陰に隠れてて、こっちがスピードを落とす間もなく追いかけてくるんだよと警告した。興味深い眺めが見えるたびにお祖母さんはそっちを指さした。ストーン・マウンテン。あちこちでハイウェイの両側に突き出ている青い花崗岩。わずかに紫の縞が入った、あざやかな赤土の土手。緑色のレース細工みたいに地面に何列も並ぶいろんな作物。木々には銀白色の陽光が満ち、どんなにみすぼらしい木もキラキラ光っていた。子供たちは漫画雑誌を読んでいて、母親は眠りに戻っていた。

「さっさとジョージア抜けようよ、あんまり見なくていいようにさ」とジョン・ウェズリーが言った。

「あたしが男の子だったら、生まれた州のことそんなふうには言わないね」とお祖母さんは言った。「テネシーには山があって、ジョージアには丘があるんだよ」

「テネシーなんて田舎者捨てるゴミ溜めだよ」とジョン・ウェズリーは言った。「ジョージアだってろくでもない州だし」

「言えてる」とジューン・スターが言った。

「あたしの若いころは」とお祖母さんは血管の筋が浮かぶ痩せた指を畳んで言った。「子供たちは生まれた州、両親、なんでももっと敬っていたよ。あのころの人たちはやることが真っ当だった。あ、ごらん、可愛らしい黒人の坊や!」とお祖母さんは言って、掘っ建て小屋の戸口に立っているニグロの子を指さした。「あれって絵になると思わないかい?」とお祖母さんが訊くとみんなは首を回して後ろの窓からニグロの子供を見た。子供が手を振った。

「ズボン、はいてなかった」とジューン・スターが言った。

「たぶん持ってないんだよ」とお祖母さんが講釈した。「田舎のニガーの子はあたしたちみたいに物を持っちゃいないんだ。あたしに絵が描けたら、ああいうのを描くね」

子供たちは漫画雑誌を交換した。

赤ん坊を抱くとお祖母さんが申し出たので、子供たちの母親は座席ごしに赤ん坊を渡した。お祖母さんは赤ん坊を膝の上に立たせ、上下に跳ねさせながら、車窓から見える景色をあれこれ説明してやった。目をギョロつかせ、口をひん曲げ、細い革みたいな顔を赤ん坊のすべすべの穏やかな顔の前に突き出す。赤ん坊は時おり遠くを見るような笑みをお祖母さんに向けた。広い綿畑が現われ、その真ん中、五つか六つの墓が小さな島みたいに柵で囲んであった。「あの墓地、見てごらん！」とお祖母さんは指さして言った。「あそこは昔、一族の埋葬地だったんだ。プランテーションの一部だったんだよ」

「プランテーション、どこ？」ジョン・ウェズリーが訊いた。

「風と共に去りぬ」とお祖母さんは言った。「ハ。ハ」

持ってきた漫画本を全部読んでしまうと、子供たちは弁当を開けて食べた。お祖母さんはピーナツバター・サンドとオリーブ一個を食べ、子供たちが箱や紙ナプキンを窓から外に捨てるのを許さなかった。ほかにすることがなくなると、誰かが雲をひとつ選んでそれが何に見えるか残り二人に当てさせるゲームをやった。ジョン・ウェズリーが牛の形の雲を選び、ジューン・スターが牛、と当てるとジョン・ウェズリーは違う、自動車、と言いジューン・スターはずるい、と言って二人はお祖母さんをはさんでひっぱたき合いをやり出した。

静かにしてたらおはなししてあげるよ、とお祖母さんが子供たちに言った。おはなしをするときお祖母さんは目を剝いたり頭を振ったりすごくドラマチックだった。まだ若き乙女だったころジョージア州ジャスパーに住むエドガー・アトキンズ・ティーガーデンという人に求愛された話をお祖母さんは始めた。とてもハンサムな人で、立派な紳士で、毎週土曜の午後にE・A・Tと自分のイニシャルを彫ったスイカを持ってきてくれた。それである土曜日、ミスタ・ティーガーデンが例によってスイカを持ってきてくれたら家には誰もいなかったので、玄関先にスイカを置いて、馬車に乗ってジャスパーに帰った。けどあたしはそのスイカを食べずじまいだったよ、とお祖母さんは言った。なぜってE・A・Tっていうイニシャルを見て、ニガーの男の子が食べちまったんだ！　この話をジョン・ウェズリーはひどく愉快がってクスクス笑ったがジューン・スターは全然面白がらなかった。土曜にスイカ持ってくるだけの男なんかと結婚しないとジューン・スターは言った。ミスタ・ティーガーデンと結婚してたらよかっただろうよ、あの人は立派な紳士で、コカ＝コーラの株が出回ったときにいち早く買って、つい何年か前に亡くなったときは大金持ちだったよ、とお祖母さんは言った。

一家は〈ザ・タワー〉に寄ってバーベキュー・サンドを食べた。ザ・タワーは半分漆喰、半分板張りのガソリンスタンド兼ダンスホールで、ティモシー郊外の木々に囲まれた土地に建っていた。レッド・サミー・バッツという太った男が経営していて、建物のあちこちに、そしてハイウェイ沿い両方向何マイルも看板が掛かっていた。**レッド・サミーの名物バーベキュー、ぜひお試しを。名高きレッド・サミーは絶品！　レッド・サム！　ニコニコ笑顔のファット・**

ボーイ！　退役軍人！　レッド・サミーをあなたに！

レッド・サミーはザ・タワーの外のむき出しの地面に横たわってトラックの下に頭をつっ込み、そばの小さなセンダンの木では鎖でつながれた背丈三十センチくらいの灰色の猿がペチャクチャ喋っていた。子供たちが車から飛び出して自分の方に駆け出してくるのを見たとたん、猿は木の中に飛び込み、一番高い枝に避難した。

ザ・タワーの中は細長い暗い部屋で、一方の端にカウンターがあり、もう一方の端にテーブルが並んで、真ん中はダンスのスペースになっていた。一家はジュークボックスの隣にある木のテーブルに座り、レッド・サミーの妻――背の高い、肌が焦げ茶色の、髪と目は肌より明るい色の女性である――がやって来て注文を取った。子供たちの母親がジュークに十セントを入れて「テネシー・ワルツ」をかけると、この歌を聴くといつも踊りたくなるよ、とお祖母さんは言った。踊らないかい、とお祖母さんはベイリーを誘ったがベイリーは睨みつけるだけだった。ベイリーはお祖母さんのように明るい性格ではないので、旅行に出ると落着かなくなるのだった。お祖母さんの茶色い目がギラギラ光った。頭を左右に揺すって、座ったまま踊っているふりをした。タップできる曲かけてよ、とジューン・スターが言うので子供たちの母親が十セント貨をもう一枚入れてアップテンポの曲をかけ、ジューン・スターはダンスフロアに歩み出てタップダンスをやり出した。

「可愛いねえ」とレッド・サムの妻がカウンターに身を乗り出して言った。「お嬢ちゃん、うちの子になるかい？」

「絶対嫌《や》」とジューン・スターは言った。「こんなボロッちいとこ、百万ドルもらったって住まない！」と言ってテーブルに駆け戻った。

「可愛いねえ」と女はくり返し言い、おおらかに口を横に広げてみせた。

「恥ずかしくないのかい？」とお祖母さんが声を殺して言った。

レッド・サムが入ってきて、そんなとこでグズグズしてないでさっさと料理を作れと妻に言った。カーキズボンの上は腰骨あたりまでしかなく、腹がでっぷり垂れて、粗挽き粉の袋みたいにシャツの下で揺れている。一家の方にやって来て、そばのテーブルに腰を下ろし、ため息とヨーデルが合わさった音を出した。「勝てやしません」とレッド・サムは言った。「勝てやしません」と言って汗だくの赤ら顔を鼠色のハンカチで拭く。「今日び誰を信用できるのか、わかりゃしません」とさらに言った。「そうじゃありませんか？」

「ほんとに人間、昔と変わっちゃいましたよねえ」とお祖母さんが言った。

「先週、男が二人来まして」レッド・サムは言った。「クライスラーに乗ってました。古いオンボロでしたけど、まともな車ですし、若者二人もまともに見えたんです。製材所で働いてるって言うんで、信用してガソリンをつけにしてやりました。私、なんだってそんなことやったんですかねえ？」

すかさずお祖母さんが「あなたが善人だから！」と言った。

に言った。

「うん、まあ、そうなんでしょうねえ」とレッド・サムは、この答えに感じ入ったかのように言った。

妻が料理を、お盆も使わずに五皿全部、片手に二皿ずつ、一皿を腕に載せて運んできた。

「この世の中、信用できる人なんて一人もいやしません」と妻は言った。「一人だって例外はいません、ただの一人も」そうくり返しながらレッド・サミーを見た。

「脱走囚の『はみ出し者』の記事、読みました？」お祖母さんが訊いた。

「この店に襲ってきたって驚きませんね」と女は言った。「この店のことそいつが聞きつけたら、やって来たって驚きませんね。レジに二セント入ってるって聞きつけて、そいつが来たって驚きま……」

「もういい」レッド・サムが言った。「さっさとお客さんたちにコーラ持ってこい」。女は注文の残りを取りに行った。

「善人はなかなかいません」レッド・サミーが言った。「何もかもひどくなってきてます。昔はねえ、網戸に掛け金なんかしなくても出かけられましたよ。いまじゃとても無理です」

彼とお祖母さんはよき時代を語りあった。私に言わせればこんなになってしまったのはみんなヨーロッパのせいですよ、と老婦人は言った。ヨーロッパを見てると、私たちが金《かね》で出来てるとでも思ってるみたいじゃありませんか、と彼女は言い、話したって仕方ありません、まったくそのとおりです、とレッド・サムは言った。子供たちは白い陽光の中へ駆け出て、レースのように葉の茂るセンダンの木に登った猿を見た。猿は自分の体のノミを取るのに忙しく、一匹取っては珍味みたいにていねいに歯にはさんでもぐもぐ嚙んでいた。

何分かごとに自分のいびきで目を覚ました。

一家はふたたび車に乗り込み、暑い午後の中へ出ていった。お祖母さんは何度もうたた寝し、い令嬢だったころ一度訪れたこのあたりの古いプランテーションを思い出した。玄関先に白い円柱が六本並んでるんだよ、道路から屋敷までナラの木の並木道があって、屋敷の両横に小さな格子造りのあずまやがあって、求愛者と一緒に庭を散歩したあとに一休みしたものだよ、とお祖母さんは言った。どの道路で曲がれば行けるかも正確に思い出せた。ベイリーは古い家を見るのに時間を遣ったりしたがらないとはわかっていたが、話せば話すほど、もう一度あの屋敷を見て二つ一組のあずまやがいまもあるか確かめたくてたまらなくなった。「お屋敷にはね、秘密の壁板があったんだよ」とお祖母さんは狡猾に、真実を語るのではなく、語っていたらいいのにと思いつつ言った。「一説によれば、シャーマン将軍が通っていったとき一族の銀を全部隠したけれど以後いっこうに見つからなかったと……」

「ヘイ！　見に行こうよ！」ジョン・ウェズリーが言った。「その銀、探し出すんだ！　木の壁隅から隅まで突ついて見つけるんだよ！　誰が住んでるの？　どこで曲がるの？　ねえパパ、そこで曲がれない？」

「秘密の壁板なんて見たことない！」ジューン・スターが金切り声を上げた。「秘密の壁板がある屋敷、行こうよ！　ねえパパ、秘密の壁板がある屋敷、見に行けない？」

「ここからそんなに遠くないよ」お祖母さんは言った。「二十分もかからない」

ベイリーはまっすぐ前を見ていた。あごは蹄鉄みたいに硬かった。「駄目だ」

子供たちはギャアギャアわめき出した。秘密の壁板がある屋敷を見たい！　ジョン・ウェズリーは前部席の背板を蹴り、ジューン・スターは母親の肩にのしかかって、母の耳めがけて、バケーションに来ても面白いことなんか何もない、あたしたちがやりたいこと絶対やらせてもらえない、とわめき散らした。赤ん坊がギャアギャア泣き出し、ジョン・ウェズリーが座席の背を力一杯蹴るのでその衝撃が父親の腎臓に堪《こた》えた。

「あーもういい！」と父は叫び、車を道端に停めた。「お前らみんな黙ってくれるか、一秒だけでも黙ってくれるか？　黙らんのなら、どこへも行かないぞ」

「この子たちのいい勉強になるよ」とお祖母さんがぼそっと言った。

「あーわかった」ベイリーは言った。「だけどいいか、今度だけだぞ、こんなことで寄り道するのは今度だけだからな。今回限りだぞ」

「曲がって土の道に入るんだよ、一マイルばかり戻ったあたりで」とお祖母さんが指図した。

「さっき通ったとき見ておいたよ」

「土の道」ベイリーがうめいた。

回れ右して土の道に向かいはじめたあとで、お祖母さんはその屋敷のほかのいろんな点を思い出していった。玄関の上の綺麗なガラス、入口広間の蠟燭ランプ。秘密の壁板、たぶん暖炉の中だねとジョン・ウェズリーは言った。

「屋敷の中には入《はい》れないぞ」ベイリーが言った。「誰が住んでるかもわからんじゃないか」

「みんなが玄関でその家の人たちと話してるすきにさ、僕、裏に回って窓から入る」とジョン・ウェズリーが提案した。

「みんな車から出ないのよ」と母親が言った。

土の道に折れて、車はピンクの埃に包まれて荒っぽく進んでいった。まだ舗装道路などというものはなく三十マイル行くのにまる一日かかった時代をお祖母さんは思い起こした。道は坂だらけで、いきなり溝が出てきたり、鋭いカーブがあって土手も危険だったりした。突如丘の上に出て、周囲何マイルもの木々の青い梢を見下ろしたかと思えば、次の瞬間には赤土の窪地にいて、埃に覆われた木々に見下ろされているのだった。

「いい加減出てこないと、引き返すからな」とベイリーが言った。

道路はもう何か月も誰一人通っていないみたいに見えた。

「もうじきだよ」とお祖母さんは言い、言ったとたん、恐ろしい思いが訪れた。あまりの気まずさに顔は赤くなり、目は大きく開き、足は跳び上がって隅に置いたスーツケースをひっくり返してしまった。スーツケースが動いたとたん、その下のバスケットにかぶせておいた新聞がフーッというなり声とともに持ち上がり、猫のピティ・シングがベイリーの肩に跳び乗った。

子供たちは床に投げ出され、赤ん坊をしっかり抱いていた母親はドアの外に放り出されて地面に落ちた。老婦人は前部席に投げ飛ばされた。車は一度回転し、右側を上にして道端の斜面の底に落ちた。ベイリーは猫とともに運転席にとどまっていた。灰色の縞が入った、横に広い白い顔、オレンジ色の鼻の猫が芋虫みたいにベイリーの首にしがみついていた。

腕と脚を動かせるとわかるや、子供たちはあたふたと車から出て、「あたしたち**事故**に遭った！」と叫んだ。お祖母さんはダッシュボードの下で丸まって、怪我をしているといいが、そしたらベイリーの怒りを一気に浴びずに済む、と念じていた。事故の前に訪れた恐ろしい思いとは、かくも生々しく思い出した屋敷はジョージアではなくテネシーにあるということだった。

ベイリーは両手で猫を首からどかし、窓の外の松の木の幹に叩きつけた。そして車から降りて子供たちの母親を探しはじめた。母親はワアワア泣く赤ん坊を抱いて、赤土がえぐられた溝の斜面に寄りかかって座っていたが、顔が一か所切れて一方の肩を脱臼した以外は無事だった。

「僕たち**事故**に遭った！」子供たちは大喜びでわめいた。

「でも、誰も死んでない」とジューン・スターが、お祖母さんがよたよた車から出てくるのを見てがっかりしたように言った。お祖母さんの帽子は依然頭に貼りついていたが、つばの前面は破れて妙に陽気な角度でぴんと立ち、スミレ色の小枝の束が横から垂れていた。子供たち以外みんな、気を取り直そうと溝に座り込んだ。全員ブルブル震えていた。

「そのうち車が来るかも」と子供たちの母親がかすれた声で言った。

「どうやらどっかの器官を傷めたみたいだ」とお祖母さんは言って脇腹を押したが、誰も反応しなかった。ベイリーの歯がカタカタ鳴っていた。明るい青のオウムの模様が入った黄色いスポーツシャツを着ていて、いまは顔もシャツと同じくらい黄色かった。屋敷がテネシーにあることは言わないでおこうとお祖母さんは決めた。

道路は頭上三メートルくらいのところにあり、彼らのいる場所からは、反対側の木々の梢しか見えなかった。彼らが座り込んでいる斜面の後ろはさらなる森で、木々は高く、森は暗く奥深かった。何分かすると、だいぶ離れた丘の上を一台の車が通るのが見えた。乗っている人間たちがあたかも一家を観察しているかのように、ゆっくりこっちへやって来る。お祖母さんは立ち上がり、注意を惹こうと両腕を派手に振った。車は依然ゆっくり近づいてきて、曲がり目の向こうに消え、一家がさっき越えた丘のてっぺんにふたたび出現したときにはさらにスピードが落ちていた。大きな黒いオンボロの、霊柩車みたいな自動車だった。中に三人の男が乗っていた。

車は一家のすぐ頭上で停まり、しばらくのあいだ運転手は揺るがぬ無表情のまなざしで一家が座り込んでいる方を見下ろし、何も喋らなかった。やがて横を向いてほかの二人に何かぼそぼそ言い、三人は車から降りた。一人は黒いズボンをはいた太った若者で、銀色の種馬が浮き彫り模様になった赤いトレーナーを着ている。一家の右側を若者は動き回り、立ちどまっては緩いニタニタ顔で口を半開きにして一家をじっと見下ろした。もう一人の男はカーキパンツをはき青い縞のコートを着て、灰色の帽子をひどく深くかぶって顔の大半を隠していた。男はゆっくりと左側に回り込んできた。二人とも喋らなかった。

運転手は車から降りて、車のかたわらに立って一家を見下ろした。ほかの二人より年上だった。髪が白くなりはじめていて、銀縁の眼鏡をかけているせいで学者のように見えた。面長の、皺の多い顔で、シャツもアンダーシャツも着ていなかった。きつすぎるブルージーンズをはいて、手に黒い帽子と銃を持っている。二人の若者もやはり銃を持っていた。

「あたしたち**事故**に遭ったの！」と子供たちは金切り声を上げた。

眼鏡の男を自分は知っている、という奇妙な思いにお祖母さんは襲われた。生涯ずっと知ってきたかのように見慣れた顔に思えたが、誰なのかは思い出せなかった。男は車から離れて斜面を下りてきた。滑らないよう足を一歩一歩用心深く下ろしている。タンカラーと白の靴をはいて、靴下はなく、くるぶしは赤く痩せていた。「こんにちは」と男は言った。「少しばかり転がられたようで」

「二回転したんですよ！」とお祖母さんが言った。

「一回です」と男が訂正した。「俺たち、見てましたから。ハイラム、車が動くか試してみろ」と男は灰色の帽子の若者に静かな声で言った。

「その銃、何のためなの？」ジョン・ウェズリーが訊いた。「その銃でどうするの？」

「奥さん」と男は子供たちの母親に向かって言った。「すみませんがお子さんたちを呼んで、奥さんのそばに座らせてくれませんかね？　俺、子供がいると落着かないんで。みなさん一緒にそちらに座っていただきたいんです」

「何であたしたちに指図するのよ？」とジューン・スターが訊いた。

彼らの背後に広がる森は、暗い口のようにぱっくり開《あ》いていた。「こっちへ来なさい」と母親が言った。

「ねえ、いいですか」ベイリーが出し抜けに喋り出した。「私たちはですね、困難な事態に陥ってるんです。私たちは……」

お祖母さんが悲鳴を上げた。あたふたと立ち上がり、目を見開いた。「あんた、『はみ出し者』だね！」と彼女は言った。「一目でわかったよ！」

「そうです」と男は言い、知られていることをつい嬉しく思ってしまうかのようにかすかに微笑んだ。「でもまあ、わからなかった方がみなさんのためだったでしょうがね」

ベイリーがさっと向き直って、自分の母親に向かって、子供たちすらショックを受けた言葉を口にした。老婦人は泣き出し、「はみ出し者」は顔を赤らめた。

「奥さん」と男は言った。「気にすることはありません。人間誰しも、心にもないことを時に言うもんです。あんなふうに言うつもりはなかったんだと思いますよ」

「あなた、レディを撃ったりしないわよね？」とお祖母さんは言って、袖から綺麗なハンカチを取り出し、目をぽんぽんとはたいた。

「はみ出し者」は爪先で地面をほじくり、小さな穴を作って、それからまた塞いだ。「したくはないですね」と男は言った。

「ねえ聞いて」お祖母さんはほとんど絶叫していた。「私にはわかりますよ、あなたは善人です。卑しい生まれには全然見えませんよ。わかりますよ、あなたはいい家の出にちがいありません！」

「ええ、奥さん」と男は言った。「世界で一番いい家の出ですとも」。ニッコリ笑うと、逞しく白い歯並びが見えた。「神は俺の母親ほど立派な女性を作りはしませんでしたし、俺の父さんの心は混じりけなしの金《きん》でした」。赤いトレーナーの若者がいつの間にか一家の後ろに回り込んで、銃を腰に当てて立っていた。「ボビー・リー」と彼は言った。「はみ出し者」は地面にしゃがみ込んだ。「ボビー・リー、子供たちを見張ってろよ」と彼は言った。「わかってるだろ、俺は子供がいると落着かないんだ」。目の前で六人がひとつにかたまっているのを彼は見て、なんだか気まずそうで、何も言うことが思いつかないかのようだった。「雲ひとつない空だ」と、空を見上げながら言った。

「太陽は見えないが雲も見えない」

「ええ、いいお天気ね」とお祖母さんは言った。「ねえ聞いて。あなた、『はみ出し者』なんて名のっちゃいけませんよ、私にはわかるんですから、あなたが根は善人なんだって。一目見ればわかりますよ」

「静かに！」とベイリーがわめいた。「静かに！　みんな黙って、ここは私に任せろ！」。いまにも飛び出そうとしている走者みたいな姿勢にベイリーはしゃがみ込んだが、動かなかった。「そう言っていただけて有難いですよ、奥さん」と「はみ出し者」は言って、グリップエンドで地面に小さな輪を描いた。

「この車直すの、三十分かかるよ」とハイラムが、持ち上げたボンネットの中を見ながら声を上げた。

「まずお前とボビー・リーとで、こいつとそこの男の子をあっちに連れていけ」と「はみ出し者」はベイリーとジョン・ウェズリーを指しながら言った。「こいつらがね、あんたにお訊ねしたいことがありまして」と彼はベイリーに言った。「あすこの森へ、一緒に行っていただけますかね？」

「なあ、聞いてくれ」とベイリーは切り出した。「私たちは困難な事態に陥ってるんだ。これがどういうことか、誰もわかってない」――そこまで言って声が詰まった。ベイリーの目はシャツに刷られたオウムたちと同じくらい青く、同じくらいひたむきで、体はぴくりとも動かなかった。

お祖母さんは手をのばし、一緒に森へ行こうとするかのように帽子のつばを直そうとしたが、帽子は手から離れてしまった。彼女が茫然と見るなか、次の瞬間、帽子がはらりと地面に落ちた。ハイラムは老人に手を貸すかのようにベイリーの服を引っぱって立たせた。ジョン・ウェズリーが父親と手をつなぎ、ボビー・リーがあとについて行った。四人で森へ向かって歩き出し、暗い縁にたどり着いたところでベイリーがふり向き、松の木の、灰色のむき出しの幹に寄りかかって「すぐ戻ってくるよ、ママ、待ってて！」と叫んだ。

「いますぐ戻ってらっしゃい！」とベイリーの母親は甲高い声を上げたが四人は森へ消えていった。

「ベイリーや！」お祖母さんは悲痛な声で呼んだが、気がつくと目の前の地面にしゃがみ込んでいる「はみ出し者」を見ていた。「わかってますよ、あなたが善人だってことは」と彼女は必死に言った。「全然卑しい生まれなんかじゃない！」

「いいえ奥さん、俺は善人じゃありません」と「はみ出し者」は、彼女の言葉を慎重に吟味したかのように間《ま》を置いてから言った。「ですが世界最大の悪党ってわけでもありません。親父は俺のこと、きょうだいみんなとは違った人間だって言ってました。親父は言ったんです、『世の中にはな、なんにも余計なこと訊かずに一生過ごせる人間もいれば、なんでそうなのかって知らずにいられない人間もいて、この子はあとの方だ。きっと何もかにもに足をつっ込むぞ！』って」。「はみ出し者」は黒い帽子をかぶってふっと顔を上げ、それから、またも気まずくなったかのように森の奥の方へ目をやった。「ご婦人方の前でシャツを着てなくてすみません」と彼はわずかに肩を丸めながら言った。「脱走したときに着てた服は埋めちまいまして、当面あるものでやりくりするしかありませんで。この服は道中会った人たちから借りたんです」

「全然構いませんよ」お祖母さんは言った。「スーツケースにベイリーの予備のシャツがあるんじゃないかしら」

「すぐに見てみますよ」と「はみ出し者」は言った。

「あの人をどこへ連れてくの？」子供たちの母親が金切り声を上げげた。

「親父もね、なかなかの人でしたよ」と「はみ出し者」は言った。「めったなことじゃだまされません。けどお上相手に厄介事を起こしたりもしない。お上の扱いを心得てるんです」

「あなたもやってみさえすれば、まっとうに生きられますよ」とお祖母さんは言った。「考えてごらんなさい、どれだけ素晴らしいか、身を落着けて、安らかに暮らして、誰かに追われてるとか四六時中考えなくてもよくなったら」

本当にそのことを考えているかのように、「はみ出し者」はグリップエンドで地面を何度も引っかいた。「ええ奥さん、誰かがいつも追っかけてくるんです」と呟いた。

帽子の後ろ、男の肩甲骨がいかに細いかをお祖母さんは目にとめた。いつの間にか立ち上がって男を見下ろしていたのである。「あなた、お祈りすることはある？」と彼女は訊いた。

「はみ出し者」は首を横に振った。お祖母さんに見えるのは、左右の肩甲骨のあいだにはさまってくねくね揺れる黒い帽子だけだった。「いいえ、奥さん」と彼は言った。

森から銃声が響き、すぐあとにもう一発が続いた。そして、静寂。老婦人の頭ががくんと回った。風が木々の梢の上を、深々と吸い込む息のように通り抜けていくのを彼女は聞いた。

「ベイリーや！」と叫んだ。

「俺、しばらくゴスペル歌手やってましたよ」と「はみ出し者」は言った。「ほんとに何でもやりましたよ。軍隊は陸も海も、本国でも外国でもやったし、二度結婚して、葬儀屋やって、鉄道の仕事して、母なる大地を耕して、竜巻に呑まれて、一度なんか男が焼き殺されるのを見ました」。そうして顔を上げ、身を寄せあって座っている子供の母親と女の子を見た。二人とも顔は蒼白で目には膜がかかっていた。「女の人が鞭で打たれるのを見たこともあります」と彼は言った。

「祈りなさい、祈りなさい」お祖母さんが言い出した。「祈りなさい、祈り……」

「俺、悪い子供だった覚えはないんです」と「はみ出し者」は、ほとんど夢見るような声で言った。「だけど途中どこかで、何か悪いことをやって、感化院に送られました。生き埋めにされたんです」そう言って顔を上げ、じっと視線をそらさずにお祖母さんの注意を保った。

「そのときにお祈りを始めればよかったんですよ」とお祖母さんは言った。「その、初めて感化院に送られたのは、何をしたからなの？」

「右を向いたら壁でした」と「はみ出し者」は言い、ふたたび顔を上げて雲のない空を見た。「左を向いたら壁でした。上を見れば天井、下を見れば床。何をしたのかもう忘れちまいましたよ。何をしたんだったたか、思い出そう思い出そうとするんですが、いまだに出てきません。ときどきね、もうちょっとで来そうになるんですが、やっぱり駄目なんです」

「ひょっとして間違って入れられたとか」老婦人はもごもごと言った。

「いいえ、奥さん。間違いじゃありません。向こうにはちゃんと書類があったんです」

「きっと何か盗んだのね」と彼女は言った。

「はみ出し者」はかすかに嘲《あざけ》りの表情を浮かべた。「俺が欲しいものを持ってる人間なんかいませんでした。感化院の精神科医には、お前は親父さんを殺したんだって言われましたけどそんなのはウソだとわかりました。俺の父親は一九一九年にインフルエンザの流行で死んだんです、俺はなんの関係もありません。マウントホープウェル・バプテスト教会の庭に埋められてますからご自分で行って確かめられますよ」

「お祈りすれば」老婦人は言った。「イエスさまが助けてくださいますよ」

「そうですよね」と「はみ出し者」は言った。

「じゃあ、お祈りしたら？」彼女は突如嬉しさにわなわな震えながら問うた。

「助けなんか要らない。一人でちゃんとやってます」

ボビー・リーとハイラムが森からぶらぶら帰ってきた。ボビー・リーは明るい青のオウムの柄を刷った黄色いシャツを引きずっていた。

「そのシャツ投げてくれ、ボビー・リー」と「はみ出し者」は言った。シャツが飛んできて、「はみ出し者」の肩に落ち、彼はそれを着た。そのシャツを見て自分が何を思い出すのか、お祖母さんにはよくわからなかった。「いいえ、奥さん」と「はみ出し者」はシャツのボタンを留めながら言った。「俺にはわかったんです、犯罪は問題じゃないんだって。あれをしてもいいしこれをしてもいい、人を殺そうが人の車からタイヤを盗もうが同じです、どのみちいずれ、自分が何をやったんだか忘れちまって、ただ単に罰せられるんです」

　さっきから子供たちの母親が、息ができなくなったかのようにヒク、ヒクと吐きそうな音を立てていた。「奥さん」と、「はみ出し者」は言った。「そちらのお嬢ちゃんを連れて、ボビー・リーとハイラムと一緒にあっちへ行かれて、ご主人に仲間入りしていただけますかね？」

「ええ、ありがとう」と母親は消え入るような声で言った。左腕が力なく垂れ、眠ってしまった赤ん坊をもう一方の腕で抱いていた。「ご婦人に手をお貸ししろ、ハイラム」と「はみ出し者」は母親が溝から這い上がるのに苦労しているのを見て言った。「でボビー・リー、お前は女の子と手をつないでろ」

「こんな奴と手、つなぎたくない」とジューン・スターは言った。「こいつ見ると豚思い出す」

　太った若者は顔を赤らめ、声を上げて笑い、子供の腕を摑んで引っぱっていき、ハイラムと母親のあとについて森へ入っていった。

「はみ出し者」と二人きりになって、お祖母さんは気がつけば声が出なくなっていた。空には雲がなく、太陽もなかった。周りには森以外何もなかった。祈らなくちゃいけない、と「はみ出し者」に言いたかった。何回か口を開けては閉じ、やっと声が出た。やっと出てきたのは「ジーザス、ジーザス」――イエス《ジーザス》さまが助けてくださると言おうとしたのだが、悪態をついているような言い方だった〔「ジーザス」は軽い呪詛、罵りの言葉でもある〕。

「ええ、奥さん」と「はみ出し者」は同意するかのように言った。「イエス《ジーザス》さまが何もかもの釣り合いを狂わしちまったんです。神でも俺でもおんなじなんです、違いはただ、神は何も罪を犯していなくて俺は奴らに書類があったから罪を犯したと奴らが証明できたってことです。もちろんその書類、俺は見せてもらえませんでした。だからいまはちゃんとサインするんです。俺ずっと前に言ったんだ、きちんとサイン決めておいて何をやってもサインして写しを取っておけって。そうすれば自分が何をしたかがわかって、罪と罰とを引き較べられて、正しく扱われてなかった証拠が残るんです。俺が『はみ出し者《ザ・ミスフィット》』って名のるのは、いままでやった悪いことと、いままで受けてきた罰とが適合《フィット》しないからです」

つんざくような悲鳴が森から聞こえ、すぐあとに銃声が続いた。「奥さん、正しいと思いますかい、一人はたっぷり罰せられてもう一人は全然罰せられないなんて？」

「ジーザス！」と老婦人は叫んだ。「あなたはいい血筋の人ですよ！　わかりますよ、あなたはレディを撃ったりしません！　わかります、あなたはいい家柄の出です！　祈りなさい！　ジーザス、レディを撃っちゃいけません。お金なら全部あげますから！」

「奥さん」と「はみ出し者」は言って、彼女のはるか向こうの森を見やった。「葬儀屋にチップやる人間はいませんよ」

さらに二つ銃声が聞こえ、お祖母さんは頭を、喉が渇いて水を求めて鳴く雌の七面鳥みたいに持ち上げて「ベイリーや、ベイリー！」と胸がはり裂けそうな声で呼びかけた。

「死者をよみがえらせたのはイエスだけだ」と「はみ出し者」はさらに言った。「そんなことしたのがいけないんだ。それですべて釣り合いが狂っちまったんだ。もしイエスが、言ってるとおりのことをやったんだとしたら、もう何もかも捨ててついて行くしかないし、もしやってないんだったら、残されたわずかな時間を精一杯楽しむしかない——誰かを殺すとか、そいつの家を焼くとか、何か残酷なことをしてやるんだ。楽しいことなんて残酷なことだけだ」。ほとんどうなり声になっていた。

「もしかして、死者をよみがえらせてないとか」と老婦人は呟いたが、何を言っているのか自分でもわかっていなくて、頭がひどくくらくらしたので、両脚を畳んで溝に座り込んだ。

「俺はそこにいなかったから、よみがえらせなかったとは言えません」と「はみ出し者」は言った。「いられればよかったんだ」と言ってげんこつで地面を叩いた。「いられなかったなんて間違ってる。いられたら、わかったんだから。ねえ、奥さん」と甲高い声で言った。「いられたらわかって、いまこんなふうになっちゃいないです」。男の声がいまにも詰まってしまいそうで、お祖母さんの頭が一瞬冴えわたった。男の歪んだ顔が自分の顔のすぐ前にあって、いまにも泣き出しそうに見え、彼女は「まあ、あんたはあたしの坊やじゃないの。あんたはあたしの子供ですよ！」と呟いた。そうして手をのばし、男の肩に触れた。「はみ出し者」は蛇に嚙まれたかのように飛びのき、彼女の胸を三回撃った。そうして銃を地面に下ろし、眼鏡を外して拭きはじめた。

ハイラムとボビー・リーが森から戻ってきて、溝の上に立ち、お祖母さんを見下ろした。お祖母さんは血だまりの中に半分座り、半分横たわって、両脚は子供みたいに体の下で交叉し、顔には笑みが浮かんで雲のない空を見上げていた。

眼鏡を外した「はみ出し者」の目は縁が赤くなって、青白く無防備に見えた。「運び出してほかの奴らと同じところに捨てろ」と彼は言い、脚にすり寄ってきた猫を抱き上げた。

「よく喋る婆さんだったなあ」とボビー・リーは言い、ヤッホーと奇声を上げながら溝を滑り降りていった。

「一生ずっと、何分かごとに撃ってくれる人間がいたら、この人も善人だったろうよ」と「はみ出し者」は言った。

「面白えな！」とボビー・リーが言った。

「黙れ、ボビー・リー」と「はみ出し者」は言った。「人生、ほんとに楽しいことなんて何もないんだ」

プリザビング・マシン

The Preserving Machine

（1953）

フィリップ・K・ディック

Philip K. Dick

ドク・ラビリンスはガーデンチェアに身を沈め、暗い顔で目を閉じた。毛布を引き上げて膝をくるんだ。

「で？」と私は言った。バーベキューグリルのそばに立って両手を温めていた。晴れた寒い日だった。日に照らされたロサンゼルスの空にはほとんど雲もない。ラビリンスのさほど大きくない家の向こうは緑がなだらかにうねり、山に達する。その小さな森は、都市の一番端なのに荒野のような幻想を醸し出した。「で？」と私は言った。「じゃあマシンは思いどおりに行ったんですか？」

ラビリンスは答えなかった。私は彼の方を見てみた。老人は陰気な顔でぼんやり前を向き、巨大な灰褐色のカブトムシが毛布の側面をのろのろ這い上がるのを見ている。カブトムシは機械的に上昇し、無表情の威厳を顔にたたえている。てっぺんを越えて、向こう側に消えていく。私たちはまた二人きりになった。

ラビリンスはため息をつき、顔を上げて私を見た。「ああ、ひとまずうまく行ったとも」

私はカブトムシのあとを目で追ったが、もうどこにも見えなかった。かすかな風が周りで渦巻き、暮れていく黄昏のなかを薄っぺらく肌寒く吹く。私はさらにグリルに近づいた。

「話してくださいよ」と私は言った。

年じゅう本を読んでいて時間がありすぎる人間にありがちなことだが、ドクター・ラビリンスは現代の文明がローマ帝国と同じ道をたどっているという確信に至っていた。ギリシャ、ローマの古代世界を引き裂いたのと同じひびが現在生じつつあるのが、きっと彼には見えていたのだろう。じきに今日の世界・社会はギリシャ＝ローマと同じように滅び、闇の時代があとに続くというのが彼の信念だった。

そう考えたのち、ラビリンスは次に、社会が再編されるなかで失われるであろう種々の美しいもの、繊細なものについて思い悩むようになった。美術、文学、礼節、音楽等々、取り返しようもなく失われるものたちを彼は想った。そうして、彼の見るところ、これら崇高で高貴なものたちの中で、おそらく音楽が何よりも深く失われ、真っ先に忘れられるだろうと思われた。音楽は何にも増して滅びやすく、華奢で脆弱であり、簡単に壊れてしまう。

ラビリンスは音楽を愛していたから、そのことをひどく気に病んだ。いつの日かブラームスもモーツァルトもなくなって、髪粉《かみこ》をまぶした鬘《かつら》や松脂《まつやに》を塗った弓やほっそり長い蠟燭をうっとり思い描きながら聴いてきた心に沁みる室内楽もなくなって、すべてが薄闇に溶けていく……そう思うとたまらなかった。

何と無味乾燥な世界だろう、音楽がないなんて！　砂を嚙むような、耐えがたい世界。

こうして彼は、プリザビング・マシンを考案することになった。ある晩、リビングルームで愛用の椅子に深々と座り、蓄音機を小さく鳴らしている最中に幻視が訪れたのだ。頭の中に奇妙な情景が見えた。シューベルトの三重奏曲の最後の楽譜、これが世界最後というスコアが、使い古されて隅は折れ、手垢に汚れた有様で、どこか破壊された場所の——たぶん博物館だ

——床に転がっている。

頭上に爆撃機が飛んでくる。爆弾が落ちて、博物館が粉々に吹っ飛び、壁が崩れ石と漆喰があらわになる。その残骸の中で最後の楽譜は消滅する。瓦礫に埋もれて、腐り、黴びてゆく。

と、その幻視の中で、ドク・ラビリンスは、楽譜がもぞもぞと、埋もれたモグラみたいに瓦礫を掘って出てくるのを見た。実際、モグラのようにすばやくて、鉤爪や鋭い歯もあって、すさまじい活力までモグラと同じだった。

もし音楽にそういう能力があったなら。芋虫やモグラならみんな持っている、ごく当たり前の生存本能があったなら、話はまったく変わる！　音楽を、生きものに変身させることができれば。爪と歯を持った動物に変えられれば、音楽も生き延びられるのではないか。マシンさえ造れたら——楽譜を生物に変換するマシン。

だがドク・ラビリンスは機械のプロではない。試しにスケッチをいくつか描いて、あわよくばとあちこちの研究所に送ってみた。もちろんたいていの研究所は戦時特需で忙しかった。けれどとうとう、これはという人々が現われた。中西部の小さな大学が非常に気に入ってくれて、さっそくマシン作成に取りかかると言ってくれたのである。

何週間かが過ぎた。やっと大学から葉書が届いた。マシンは順調に出来ていて、もうほぼ完成したという。テストとして流行歌を二つ三つ入れてみたところ、小さな、ネズミのような動物が二匹せかせかと出てきて、研究所内を駆けずり回った。そのうちネコにつかまって食べられてしまったが、マシン自体は成功したのである。

まもなくマシンが届いた。ていねいに梱包されて木箱に入れられ、しっかり針金で縛ってあり保険もかけられていた。ドクは胸躍らせて作業にかかり、輸送用の薄板を外していった。一連のつまみを調整し、第一号の変容に向かいながら、さまざまな思いが胸に去来したにちがいない。まずはかけがえのない楽譜を選んだ——モーツァルトの弦楽五重奏曲ト短調。しばしページをめくって物思いにふけり、心は遠くをさまよった。そうしてやっと楽譜をマシンに持っていき、中に放り込んだ。

時間が過ぎた。ラビリンスはマシンの前に立ち、不安な気持ちで待った。コンパートメントを開けたら何が出てくるのか、見当もつかない。心配だった。自分はいま立派な、悲愴な仕事をしている。偉大な作曲家の作品を、永遠に保存する。いかなる感謝を受けるだろう？　何が出てくるのか？　いずれはすべてが終わる、その前にいかなる形をとるのか？

多くの問いの答えが出ぬままだった。そうやって思いに浸るさなかにも、マシンの赤いランプがチカチカ光っている。作業が済んで、変容がすでに生じたのだ。ドク・ラビリンスは扉を開けた。

「わ、何だこれは！」ドクは言った。「どうなってるんだ」

四つ足の動物ではなく、一羽の鳥が歩み出た。モーツァルト鳥は小柄ですらっとして可愛らしく、クジャクのように羽が華麗にのびていた。部屋を少し先まで歩いたと思ったらまた彼の方に戻ってきた。好奇心と人なつっこさは明らかだった。ドクはおずおずと震えながらかがみ込み、片手を差し出した。モーツァルト鳥が寄ってきた。と、いきなりパッと飛び上がった。「たまげたな」とドクは呟いた。そして優しく、辛抱強く鳥をなだめすかし、やっと鳥はパタパタと彼の許に降りてきた。ドクは長いこと鳥を撫でながら考えていた。ほかはどんなふうになるだろう？　見当もつかない。慎重な手付きでモーツァルト鳥を抱き上げ、箱の中に入れた。

翌日、ベートーヴェン甲虫が出てきたときはもっと驚いた。厳めしく、堂々としたカブトムシだった。さっき私が見たのも、このカブトムシだったのである。ドクの赤い毛布の上を、カブトムシは何か自らの用事で、ひたむきに、周りには目もくれず這っていた。

次はシューベルト動物だった。愚かしい、若造っぽいヒツジのような生きもので、あっちこっち駆け回り、一緒に遊んでほしがった。ここに至り、ラビリンスははたと考え込んだ。

生き残りの要因は、いったい何なのか。華麗に広がる羽根は鉤爪より有利なんだろうか、尖った牙より有利か？　わからない。ラビリンスとしては、がっしり丈夫なアナグマ・タイプが続々出てくるものと思っていた。鉤爪があって、ウロコがあって、掘り、闘い、齧《かじ》るも蹴るも自在の動物を想定していたのである。これで本当にいいんだろうか？　とはいえ、何が生存の役に立つか、誰にわかるだろう？　恐竜は万全に武装していたが、いまでは一頭も残っていない。とにかくマシンは出来上がったのだ。いまさらあとには戻れない。

どんどん進めて、いろんな作曲家の楽譜を次々プリザビング・マシンに入れ、やがて自宅の裏の森は、ゾワゾワ這ってビービー鳴くものたちにあふれ、夜どおし金切り声が上がり、ドスンと物にぶつかる音がした。ずいぶん奇怪な生きものがたくさん出てきて、ラビリンスを仰天させ、肝を潰させた。ブラームス虫は無数の足が四方八方に飛び出している、皿型の巨大なムカデだった。低く、平らな体で、全体が一様に毛で覆われている。独りでいることをブラームス虫は好み、出てきた早々に立ち去って、すぐ前に出てきていたワーグナー動物を徹底して避けた。

ワーグナー動物は大柄で、濃い種々の色の模様が体じゅうに散らされていた。相当な癇癪持ちのようで、ドク・ラビリンスはこの動物をいくぶん怖がっていた。怖いのはバッハ虫も同じだった。前奏曲とフーガ48点をマシンに入れて出てきた、円い、ボール状の生きものたちのなかには大きいのもいれば小さいのもいた。そしてストラヴィンスキー鳥は種々雑多、奇怪な断片の寄せ集めだった。ほかにもまだまだあった。

かくしてラビリンスは生きものたちを森に放ち、彼らは精いっぱい跳んだり跳ねたり転がったりしていった。だが早くも挫折感がラビリンスにつきまとっていた。生きものが出てくるたびに動転させられた。結果を自分がコントロールしている気が全然しない。完全に彼の手を離れている。いつの間にか、何か強力な、目に見えない法則にすべてが支配されている。ドクはひどく心配だった。深い、人間の意図を超えた、彼には見えもせず理解もできない力を前にして生きものたちは己の形を曲げ、変わってゆく。そのことが彼を恐怖させた。

＊

ラビリンスはそこで黙った。私は少し待ったが、それ以上話す気はないようだった。私は首を回して彼の方を見た。老人は不思議な、悲しみに沈んだ表情でじっと私を見ている。

「それ以上、わかっていることはあまりない」と彼は言った。「森にはもうずいぶん行っていない。怖いんだ。何かが起きているのはわかる、でも――」

「一緒に見に行きませんか？」

彼はホッとした様子でにっこり笑った。「そうしてくれるかね？　そう言ってもらえると有難いと思っていたんだ。どうもこの件には、だいぶ参ってきていてね」。そして毛布を脇へ押しやって立ち上がり、服の埃を払った。「では行こう」

家の横を抜けて裏に回り、細い小径を進んで森に入っていった。何もかもが混沌として野生化し、ぼうぼうに茂り、もつれ合っていた。乱れきった、世話をする者もない緑の海。ドクが先を行って、枝を径から押しのけながら歩き、茂みを通ろうと背を丸め、身をねじった。

「すごいところですね」と私は言ってみた。しばらく二人とも黙って進んだ。森は暗く、湿っていた。日も暮れかけて、軽い靄《もや》が頭上の葉むらを通って降りてきた。

「ここには誰も来ない」。と、ドクはいきなり立ちどまって、あたりを見回した。「銃を取りに行った方がいいかもしれない。何かあるといけないから」

「何だか、事態はもう手に負えなくなったと決めてらっしゃるみたいですね」。私は彼の横まで寄っていって、二人並んで立った。「ひょっとしてそこまでひどくないかもしれませんよ」

ラビリンスはあたりを見回した。藪を足で押し戻す。「奴らはそこらじゅうにいて、私たちを見張っているんだ。君、感じないのか?」

私はいい加減にうなずいた。「これ、何です?」と言って重い、黴びかけた枝を一本持ち上げると、菌類の粉がぱらぱら落ちてきた。私は枝を押しのけた。もわっと形も曖昧な盛り上がりが広がっていて、軟らかい土になかば埋もれている。

「何なんです?」と私はもう一度言った。ラビリンスはうつむいて、その顔はこわばり、侘しそうだ。ぼんやり地面を蹴りはじめた。私は落着かなくなってきた。「ねえ、いったい何なんです? あなたにはわかってるんですか?」

ラビリンスはのろのろと顔を上げて私を見た。「シューベルト動物だよ」と彼は呟いた。「というか、前はそうだった。もうあまり残っていない」

シューベルト動物。仔犬みたいにぴょんぴょん跳ねる、愚かしい、遊んでほしがったやつだ。私はかがみ込んでその山をしげしげと眺め、落ち葉や小枝を払ってみた。見るからに死んでいる。口は開き、体はぱっくり引き裂かれていた。アリやほかの虫が早くも仕事にかかり、せっせと倦《う》まず働いている。嫌な臭いがしはじめていた。

「それにしても、何が?」ラビリンスが言った。そうして首を横に振る。「何の仕業なんだ?」

何かの音がした。私たちはさっとそっちを見た。

一瞬、何も見えなかった。と、藪が動き、初めてそれの姿が見えた。さっきからずっとそこに立って、私たちのことを見ていたにちがいない。それは巨大な生きものだった。痩せた体が長々とのびて、明るい、張りつめた目をしている。コヨーテにちょっと似ているが、もっとずっと大きい。体を覆う皮は毛むくじゃらで分厚そうで、だらんと垂れた口は軽く開き、じっと黙って、私たちに出くわして仰天しているような目付きでこっちをしげしげと見ている。

「ワーグナー動物だ」ラビリンスがうわずった声で言った。「でも、変わったぞ。変わってる。ほとんどわからないくらいだ」

生きものはくんくんとあたりの匂いを嗅ぎ、首の毛を逆立てている。と、いきなり藪の暗がりに戻っていき、次の瞬間にはもう見えなくなった。

私たちはしばらく、何も言わずに立ちつくしていた。やっとのことでラビリンスが動いた。

「ああなったのか」と彼は言った。「まったく信じられん。でもなぜなんだ？　何がいったい――」

「適応でしょう」私は言った。「普通の家ネコだって、放り出せば野生化します。イヌでも」

「そうだな」。ラビリンスもうなずく。「イヌは生きのびるためにオオカミに戻る。森の掟だ。予想してしかるべきだった。すべてこうなるんだ」

地面に転がった死骸を私は見下ろし、周囲の静まりかえった藪を見回した。適応。あるいはもっと悪いものかもしれない。私の頭の中でひとつの考えがまとまりつつあったが、何も言わなかった。ひとまずは。

「もう少し見てみたいです」と私は言った。「ほかの種類のも。もう少し見て回りましょう」

ラビリンスは同意した。二人で芝や雑草をじっくりつついて回り、枝や葉を押しのけてみた。私は棒を一本拾って使ったが、ラビリンスは両手両膝をついて、腕をのばし、手探りし、近眼らしい目でじっと見下ろしていた。

「人間の子供だって野獣に変わります」私は言った。「インドのオオカミ人間の子たちのこと、覚えてますか？　元はみんな普通の子供だったなんて、誰にも信じられませんでしたよ」

ラビリンスはうなずいた。浮かない顔をしているが、理由は想像に難くない。自分の元々の発想が間違っていたのであり、そこから生じる帰結を、ようやくいま思い知りつつあるのだ。音楽はたしかに生きものとなって残る。だがラビリンスは、エデンの園の教えを忘れていた。あるものがひとたび創られれば、それ独自の道を歩みはじめて、もはや創造主の所有物ではなくなる。思いどおりの形にしたり、命令どおり行動させたりできなくなる。人間の変化を眺めていた神もきっと、自分の創造したものたちが生存の必要に応じて変化していくのを見て、ラビリンスと同じ屈辱を味わったにちがいない。

自分が創った音楽的生物が生きのこることは、ラビリンスにとってもはや何の意味もない。美しいものが野蛮化するという事態を防ごうと彼らを創造したのに、その野蛮化がまさに彼らの中で、ラビリンスの目の前で生じているのだ。と、彼はさっと顔を上げて私を見た。悲痛な表情だった。たしかに彼らの生存は確保した、が、そうすることによってまさにすべての意味を、すべての価値を抹殺してしまったのだ。私はかすかな笑みをラビリンスに向けたが、彼はまたさっと目をそらした。

「そんなに心配することはありませんよ」と私は言った。「ワーグナー動物なんか、それほどの変化じゃないですよ。前からあんな感じだったですよね――荒っぽくて、怒りっぽくて。暴力的な傾向もあったんじゃ――」

私は黙った。ドク・ラビリンスがパッとうしろに飛びのき、草の中からあわてて手を抜いたからだ。手首をつかんで、痛さにぶるぶる身を震わせている。

「どうしたんです？」私は急いで寄っていった。ドクは震えながら、小さな老いた片手を差し出した。「どうしたんです？　何があったんですか？」

私はその手をひっくり返して見た。手の甲一面に痕《あと》が残っている。赤い切り傷が、私が見守るさなかにも見るみる腫れていく。草の中にいた何ものかに刺されたのだ。刺されたか、嚙まれたか。私は下を向いて、片足で草を蹴ってみた。

何かがもぞもぞ動いた。小さな金色の玉が、ささっとすばやく、茂みの方に逃げていく。イラクサのように、背中が棘で覆われている。

「つかまえろ！」ラビリンスが叫んだ。「早く！」

私はそれを追いかけ、棘を避けるよう努めながらハンカチを突き出した。丸い体が狂おしく転がって逃れようとしたが、私は何とかそいつをハンカチでくるんだ。

　バタバタ暴れるハンカチをラビリンスが茫然と見ている。私は立ち上がった。「信じられん」

ラビリンスは言った。「家に戻った方がいい」

「何なんです？」

「バッハ虫だよ。だが変わった……」

　闇の中、なかば手探りで小径を歩いて家に向かった。私が先を行って枝を押し分け、うしろを歩くラビリンスは気分も暗く考え込んでいる様子で、時おり片手をさすっていた。

　庭に入り、家の裏階段をのぼってポーチに上がった。ラビリンスがドアの鍵を開け、私たちはキッチンに入っていった。ラビリンスは明かりを点けて、手を洗おうと洗面台に急いだ。

　私は食器棚から空の果物ジャーを取り出し、その中にそっとバッハ虫を落とした。蓋を閉めると、金色の玉が不機嫌そうにぐるぐる転がった。私はテーブルに座った。二人とも喋らなかった。ラビリンスは刺された手に冷水を流し、私はテーブルで、果物ジャーの中の金色の玉が出口を探し回るのを落着かぬ気分で見守っている。

「それで？」私はやっと口を開いた。

「間違いない」。ラビリンスはテーブルにやって来て、私の向かいに座った。「何らかの変身を遂げたんだ。最初は毒を含んだ棘なんか絶対なかった。まあとにかく、ノアの役割を慎重に限定しておいてよかったよ」

「どういう意味です？」

「すべて無性にしておいたのさ。生殖はできない。第二世代はいない。こいつらが死んだら、それですべて終わる」

「思いついてよかったですねえ」

「どうなるだろう」ラビリンスは呟いた。「やってみたら、どんな音になるだろう」

「え？」

「丸いやつ、バッハ虫だよ。ここで真価が決まるんじゃないか？　こいつをマシンに戻してみるんだよ。やってみればわかる。君、興味はあるかね？」

「どうぞお好きに」と私は言った。「あなた次第です。でもあまり期待しない方が」

ドクが果物ジャーを慎重に取り上げて、私たちは急な階段を下りて地下室に行った。隅っこの、洗濯だらいのかたわらに、鈍い色の金属の巨大な円柱がそびえていた。奇妙な感覚が私の体を貫いていった。プリザビング・マシンだ。

「これなんですね」と私は言った。

「そう、これだ」。ラビリンスがコントロールをオンにして、しばらくあちこち調節していた。やっと済むとジャーを手に取り、漏斗《じょうご》の上にかざした。慎重に蓋を外すと、バッハ虫がしぶしぶ壜から マシンの中に落ちていった。ラビリンスは漏斗の蓋を閉めた。

「さ、行くぞ」とラビリンスは言った。ツマミを勢いよく回すと、マシンが動き出した。ラビリンスが腕を組み、私たちは待った。やがて外は日が暮れて、光が閉め出され、すっかり暗くなった。そのうちやっと、マシン前面のインジケーターが赤く点滅しはじめた。ドクがツマミを回してオフにした。私たちは黙って立ったまま、どちらも開ける役を務める気になれずにいた。

「で？」私がやっと口を開いた。「どっちが見てみます？」

ラビリンスがもじもじ動いた。スロットピースを脇へ押しやって、マシンの中に手を入れる。ふたたび出てきた指は薄い紙を一枚つかんでいた。楽譜だ。ラビリンスはそれを私に手渡した。

「これが結果だ。上に行って、演奏してみよう」

階上に戻って演奏室に行き、グランドピアノの前に座ったラビリンスに私は楽譜を返した。彼はそれを開き、しばしまじまじと、まったく何の表情もなく眺めた。そうして演奏を始めた。

私は音楽を聴いた。おそろしく醜い音だった。あんなおぞましいものは聞いたことがない。歪んだ、聞くに堪えない、意味も何もない音。あるとしても、そこに決してあるべきでない異様で不穏な意味のみ。それがかつてバッハのフーガだったと――崇高に秩序だった、人々から尊ばれる作品の一部だったと――信じるには相当の努力が必要だった。

「これで決まりだ」ラビリンスは言った。立ち上がって、両手で楽譜をつかみ、ビリビリに破いた。

二人で私の車まで歩いていく途中、私は言った。「どうやら生存競争というやつは、人間の文化なんかより大きな力のようですね。我々には貴い道徳やら慣習やらも、それに較べれば薄っぺらなものでしかありません」

ラビリンスも同意した。「だとすれば、慣習や道徳を守るすべは何もない」

「時が経たないとわかりませんよ」と私は言った。「たとえこの方法は駄目だとしても、何かほかのやり方はうまく行くかもしれません。我々には予想もつかないものが、いつの日か現われるかも」

おやすみなさい、と私は言って車に乗り込んだ。日はすっかり暮れて、あたりは真っ暗だった。私はヘッドライトを点灯し、道路に出て、まったくの闇の中を走っていった。ほかには一台の車も見当たらない。私は独りぼっちで、ひどく寒かった。

四つ角に向かってスピードを落としてギアを変え、停まった。と、車道と歩道の境目で何かが動いた――闇の中、巨大なスズカケの木の下で。何だろう、と私は目を凝らした。

スズカケの木の下で、巨大な、灰褐色のカブトムシが何かを作っていた。奇怪な、不格好な骨組に泥を埋め込んでいる。が、やがて私に気がついて動きを止めた。そうしてカブトムシはくるっと回れ右し、自分で作ったその建物に入っていき、中に入るとぴしゃっと扉を閉めた。

私は走り去った。

あたしはここに立ってアイロンをかけていて
I Stand Here Ironing
（1956）

ティリー・オルセン
Tillie Olsen

あたしはここに立ってアイロンをかけていて、あなたに訊かれたことが責められ苛まれアイロンと一緒に前へ後ろへ動いています。

「こちらへおいでいただいてお嬢さんのお話を聞かせていただけないでしょうか。私がお嬢さんを理解する助けにきっとなっていただけると思うのです。お嬢さんは助けを必要としている若い人ですし、私としてもぜひ助けてあげたいと考えているんです」

「助けを必要としている」……あたしがそちらへ伺ったところで、何の役に立ちます？　母親だからってあたしが鍵を持ってるとか、あたしを何かの鍵に使えるんじゃないかと思ってらっしゃるんですか？　あの子はもう十九年生きてきたんですよ。あたしの外、あたしの向こうの人生で起きたことがいっぱいあるんです。

それに、思い出す時間なんて、思い出して選《よ》り分けて重さを量《はか》って見積もって総計を出す時間なんて、いつあります？　始めたら、何か邪魔が入って、また一から全部集めなくちゃいけない。それか、自分がやったことやらなかったことのあれやこれやに呑み込まれてしまうんです、するべきだったことや避けようのないことに。

あの子は可愛い赤ん坊でした。うちの子供五人の中で最初にして唯一、生まれたときに可愛かった子です。あの子のいまの美しさがどれだけ新しくて落着かないものか、なかなかおわかりいただけないと思います。ずっと不器量だと思われていた日々のあの子のことはご存じないわけですし、自分の赤ん坊のころの写真に真剣に見入ってる姿もご覧になっていませんから。

自分がどれだけ可愛かったか、あたしに何度も何度も言わせて、きっとまた可愛くなるよ、見る目のある人が見ればいまだってもう可愛いよ、とあたしは言ったものです。けれど見る人はあまりいないかまったく存在しないかでした。あたしの目も見てませんでした。

あの子は母乳で育てました。近ごろじゃそれが大事だって思われてるみたいですね。五人みんな母乳で育てましたけど、あの子のときは、母親初心者の厳密さで、当時の本に書いてあったとおりにやりました。あの子の泣き声に打ちのめされてぶるぶる震え、胸が張って疼いても、時計がいいと言うまで辛抱したんです。

なんでこんな話最初にするのかな？　こんなこと意味があるのか、何かの説明になってるのかもあたしにはわかりません。

あの子は可愛い赤ん坊でした。キラキラ泡立つ音を口から吹き出しました。動くものが大好きで、光が大好きで、色と音楽と物の手触りが大好きでした。青いオーバーオールを着て寝転がって、すっかりご機嫌でものすごく強く床を叩くものだから手と足の輪郭もぼやけるほどでした。あの子はあたしにとって奇跡でしたけど、生後八か月の時点で昼間働きに出ないといけなくて、あの子を奇跡とも何とも思わない下の階の女の人に預けていくしかありませんでした。あたしは仕事をするか仕事を探すかしていて、それに「お前たちと欠乏を共にすることにもう耐えられない」と書き置いて出て行ったあの子の父親も探さないといけませんでした。

あたしは十九でした。福祉が広まる前、雇用促進局が出来る前の大恐慌時代の話です。路面電車を降りたとたんに駆け出して、階段を跳ぶように上がって、あたりに饐《す》えた匂いがして、目が覚めていても眠っていてハッと目覚めてもエミリーはあたしを見るとシクシクつっかえつっかえ泣き出して、いくら慰めても泣きやみませんでした。あの泣き声がいまも聞こえます。しばらくすると夜のウェイトレスの仕事が見つかって、また昼間一緒にいられるようになって、少しましになりました。けれどじきに、父親の家族のところへ連れていって預けていくしかなくなりました。

あの子が帰ってくる汽車賃を貯めるのにすごく時間がかかりました。そしたらあの子が水疱《みずぼう》瘡《そう》にかかってまた待たないといけませんでした。やっと帰ってきたと思ったらほとんど別人でした。せかせか落着かなげに歩くところはまるで父親みたいで、表情も父親みたいで、痩せていて、安っぽい赤い服のせいで肌は黄色く見えるし痘痕《あばた》はギラギラ光りました。赤ん坊のころの可愛らしさは見る影もありませんでした。

あの子は二歳でした。保育園に行く時期だよって人に言われて、いまは知ってることをあのころのあたしは知りませんでした――保育園での長い一日の疲れ、子供にとっては駐車場と変わらない場所での集団生活の辛さ苦しさ。

まあ知ってたところで違いはなかったでしょうね。そういう場所しかなかったんですから。あの子と一緒にいるにはそれしかなかったんです。仕事を続けるにはそれしかなかったんです。

それに、知らなくても、実は知っていたんです。悪い先生をあたしは知っていました、以来ずっと古くなった乳みたいに固まっていまだにあたしの記憶の中に居座ってますから。小さな男の子が隅っこで背を丸めていて、先生がしゃがれた声で「どうして外で遊ばないの、アルヴィンにぶたれるから？　そんなの理由にならないわよ、外へ行きなさい、臆病な子ね」って言ったり。エミリーはよその子たちみたく朝に「ママ行かないで」なんてしがみついたりはしませんでしたけど、あの子が保育園を嫌っていることはあたしにもわかってました。

今日は二人でうちにいた方がいい理由を、いつも何かしら言うんです。ママ何だか具合悪そうだよ、ママ。あたし具合悪いよ、ママ、今日は先生たちいないんだよ、先生たち具合悪いんだって。ママ今日は行けないよ、昨日の夜火事があったんだよ。ママ、今日は祭日なんだよ、保育園ないって言われたよ。

でも決して直接文句を言ったり、反抗したりはしませんでした。ほかの子たちが三つ、四つだったころの爆発、癇癪、非難、要求を思うと、頭がいっぺんにクラクラしてきます。あたしはアイロンを下ろします。あたしの中の何が、あんないい子でいるようあの子に強要したんでしょう？　その代償は何だったんでしょう、あれほどいい子でいたことのあの子にとっての代償は？

アパートの奥に住むお爺さんに一度、優しい声で「エミリーを見るとき、もっと微笑まないといけないよ」と言われました。あの子を見るとき、あたしの顔には代わりに何があったのか？　あたしはあの子を愛していました。愛ゆえのふるまいだってたくさんありました。

お爺さんの忠告を思い出せたのは、ほかの子たち相手のときだけでした。心配や重苦しさや不安の顔じゃない、喜びの顔をあの子たちには見せられたんです。エミリーにはもう手遅れでした。あの子はなかなか笑顔を見せないし、ましてや妹や弟たちみたいにいつもニコニコなんてとうてい無理です。あの子の顔は閉じていて、厳《おごそ》かですけど、その気になれば、そりゃもうのびやかなんです。そういう顔をあなたも、あの子がパントマイムやるときご覧になってるはずです。あの子には類いまれなコメディの才があるっておっしゃいましたよね、舞台に立つと観てる人みんな心から笑いまくっていつまでも喝采して舞台から下ろしてくれないって。

あの喜劇のセンス、どこから来たんでしょう？　もう一度あの子をよそへやらなくちゃいけなくて、二度目に戻ってきたときにはそんなものこれっぽっちもありませんでした。このときにはもう新しい父親がいて、その人を愛することを覚えている最中で、まあたぶん前よりはいい日々だったと思います。

ただ、夜にあたしと父親が、もうこの子も大きいんだからと自分たちに言い聞かせて出かけるときは別でしたけど。

「ねえママ、別のときに行けないの、明日とか？」とあの子に訊かれたものでした。「すぐ帰ってくる？　約束する？」

帰ってくると、玄関のドアは開いていて、時計が床に転がっています。あの子はしっかり起きていました。「すぐじゃなかったよ。でもあたし泣かなかった。ママを呼んだのも三べんだけだったよ、で、ママが早く来れるように二階から駆けて降りてきてドア開けたんだよ。時計がやかましく喋った。あたし放り投げたの、時計が怖いこと喋ったから」

あたしがスーザンを産みに入院した夜にも時計がやかましく喋ったってあの子は言ってました。麻疹《はしか》の前に出る熱で朦朧としてたらしいですけど、あたしがいなかった一週間ずっと意識はしっかりあったっていうし、あたしが赤ん坊と一緒に帰ってきてからの一週間も同じでした。けれど赤ん坊やあたしの近くには来られませんでした。

あの子はなかなかよくなりませんでした。骸骨みたいに痩せたままで、何も食べたがらないし、毎晩悪夢を見るんです。あたしを呼ぶんで、疲れきって寝てるところを何とか起きて、眠たい声で「大丈夫よダーリン、寝なさい、ただの夢だよ」って応えるんですけど、それでもまだ呼ぶときは、もっと厳しい声で「さあ寝なさいエミリー、何も怖いことないんだから」と言いました。二度――二度だけですけど――どのみちスーザンをあやしに起きるしかないときにあの子の枕許にも行きました。

そして手遅れになったいま（もうあの子はほかの子たちみたいに抱いて慰めようとしたって受け入れるわけないのに）あの子がうめいていたり落着かずガサゴソ動いていたりするとあたしはとたんに寝床を出て飛んでいきます。「起きてるの、エミリー？　何か持ってきてあげようか？」と訊くと答えはいつも同じです――「ううん、大丈夫、また寝なさいよ、母さん」。

診療所に連れて行ったら、田舎の回復期保養所に送り出すよう説き伏せられました。そこなら「あなたには扱えない食事も世話も与えられるし、あなたも新しい赤ちゃんに集中できますよ」って。いまだにその場所へ子供を行かせてるんですね。社交欄で、着飾った若い女の人たちがそこの資金作りを計画してる写真とか、催しで踊ってる写真とか見たことあります。イースター・エッグに色塗ってたり、子供たちにあげるクリスマスの靴下にプレゼント詰めてたり。

当の子供たちの写真は見たことがないんで、いまでも女の子たちがああいう巨大な赤いリボン着けてるのか、一週置きの日曜の両親が訪問を許されるときに（ただし「事情がある場合はこの限りではない」ってことで、最初の六週間はずっとその限りじゃなかったですけど）やっぱりげっそりやつれた顔付きしてるのかはわかりません。

ええそりゃあ綺麗なところですよ、緑の芝生があって高い木々があって洒落た縁取りの花壇があって。それぞれのコテージの高いバルコニーに子供たちが立って、女の子は赤いリボンつけて白いワンピースを着て、男の子は白いスーツ着て馬鹿でかい赤いネクタイ締めて。親たちは下に立って精一杯上に向けてわめいて、子供たちも精一杯下に向かってわめいて、あいだに見えない壁があって――「親のバイ菌や肉体的愛情表現によって汚染されるべからず」。

すごくちっちゃい女の子がいて、いつもエミリーと手をつないで立ってました。親は一度も来ませんでした。ある日行ったらもうその子はいませんでした。「ローズ・コテッジに移されたの」とエミリーがどなって説明しました。「ここはね、誰かを好きになっちゃいけないの」

週に一度手紙をくれました。七歳の子が一生懸命書いた筆蹟です。「わたしはげんきです。

赤ちゃんはげんきですか。じょずにてがみをかくとホシがもらえます。じゃあね」。星は一度もありませんでした。こちらからは一日置きに書きましたが、あの子はそれを手に持つことも取っておくことも許されず、読んでもらうだけでした——それも一度きり。「子供たちが私物を置いておくスペースはとうていありませんから」とか何とかこんこんと説明されました。こちらはある日曜の切れぎれの金切り声をつなぎ合わせて、あの子は物を手元に置くのが大好きなんで手紙やカードを持たせてもらえたらすごく喜ぶと思うんです、と訴えたんですが。

会いに行くたび、ますますひ弱そうに見えました。「食べないんです」と言われました。（朝ご飯はドロドロの卵かダマのあるお粥なんだよ、とエミリーからあとで聞かされました。あたし、口の中に入れるだけで呑み込まなかった。何も美味しくなかった、チキン以外は。）

退所の許可を取ってうちへ連れ帰るのに八か月かかりました。三キロ半痩せた分が全然戻ってこなくて、それでやっとソーシャルワーカーも納得してくれたんです。

帰ってきてからは、抱いて可愛がるようにしたんですけど、あの子の体はぎこちなく硬いままで、そのうち押しのけるようになりました。ほとんど食べませんでした。食べると気持ちが悪くなるんです。たぶん人生の大半のことが気持ち悪かったんだと思います。そりゃまあ体は軽やかだし華やかだし、スケートはいてキラキラ通り過ぎていって、縄跳びさせればボールみたいに上下にポンポン弾んで、丘を駆け降りていって——でもそういうのはつかの間のことですから。

自分の見かけをあの子は気に病みました。女の子はみんなぽっちゃり金髪のシャーリー・テンプルの複製みたいに見えないと、って周りも自分も思ってた時代に、あの子は痩せこけて、色黒で、外国人みたいでしたから。ときどき誰かが玄関の呼び鈴を押しましたけど、うちへ遊びに来る子とか大の仲よしとかは全然いませんでした。何度も引越したせいだったかもしれません。

二学期のあいだ、一人の男の子にあの子は切なく恋していました。何か月かあとに、その子にキャンディを買ってあげるためにあたしのハンドバッグから小銭をくすねたと白状しました。「あの人は甘草《リコリス》が一番好みであたし毎日持ってってあげたのにそれでもあの人はジェニファーの方が好きだった。なぜなの、ママ?」。そんな問いに答えなんかありませんよね。

勉強もあの子には心配の種でした。口先が達者なこと、頭の回転が速いことが学力と勘違いされがちな世界で、あの子は口先も頭の回転も駄目でした。過労気味で苛ついている先生たちにとって、あの子は生真面目すぎる「覚えの悪い子」だったんです。みんなに追いつこうと頑張るものの、とにかく休みが多すぎたし。

時には仮病でしたけど、あの子が休みたいと言えばあたしは好きなだけ休ませました。いまほかの子たちには出席のことすごく厳しく言ってますけど、あの子のときは全然違いました。そのころあたしは仕事に出ていませんでした。新しい赤ん坊が生まれて、家にいるしかなかったんです。時おり、スーザンが大きくなってからは、スーザンも休ませてみんな一緒に家にいさせることもありました。

たいていの場合エミリーは喘息で、荒く苦しそうな呼吸の、不思議とひっそりした音が家じゅうに広がりました。あたしは古い鏡台の鏡を二つと、いろんなコレクションを入れた箱を枕許に持っていってやりました。あの子はビーズやイヤリングの片割れ、壜のふたに貝殻、ドライフラワーに小石、古い絵葉書や新聞の切抜き、とにかくいろんな半端ものを選んで、スーザンと一緒に〈キングダム〉をして遊ぶんです。風景を作って、家具を並べて、いろんな人の動きを加えて。

あの子とスーザンが仲よく一緒に過ごしたのはそういう時だけでした。あたしはもういまでは距離を置くようになっています。二人のあいだに悪い感情が広がって、痛みと欲求とのバランスを二人のあいだで上手に取らないといけなくて、そんな恐ろしいこと、あのころのあたしにはとうてい無理でした。

そりゃもちろん、ほかの子同士でも軋轢《あつれき》はありましたよ。みんなそれぞれ人間だから、必要も欲求もあれば、傷ついたり奪ったりもします。でもエミリーとスーザンのあいだには、いや、エミリーのスーザンへの気持ちの中には、特別な、心を蝕《むしば》む恨みがましさがあったんです。一目瞭然のことに思えますすけど、そんなにはっきりしたものじゃありません。二番目の子のスーザンは、金髪の巻き毛で、ぽっちゃりして、頭の回転が速くて気持ちをきちんと言葉にできて、自信があって、とにかく見た目もふるまいもエミリーとは対極なんです。で、スーザンはエミリーが大事にしてる物が欲しくてたまらなくて、それをなくしてしまったり、不器用に壊してしまったり、スーザンがみんなの前でジョークや謎々を言ってみんなに喝采されてエミリーはその間じっと黙っていて（で、あとであたしに言うんです、あれあたしの謎々だったんだよ母さん、あたしがスーザンに教えたんだよ）、歳は五つ違うのにスーザンは体の発達に関してはエミリーと一つくらいしか違わなくて……。

本人はけっこう辛かったわけですけど、あの子の体の発達が遅れたせいで、同い年の子供たちとの違いが広がったのはかえってよかったとあたしは思っています。若い子同士競いあう、あの恐ろしい世界に入っていくにはあの子は脆《もろ》すぎました。めかし込んで、見せびらかして、たえず自分を他人と較べて、「あんな赤銅色《しゃくどういろ》の髪があったら」「ああいう肌だったら……」なんて人を羨んで。他人と見かけが違うってことではもう十分自分を苛んでいたんです、十分不安だったんです、何か言う前にいつも言葉を意識しなくちゃいけなくて、あの子たちにどう思われてるかしら？　とかしじゅう気にして……肉体の容赦ない欲求なんかが加わらずとも十分しんどかったんです。

ロニーが呼んでます。オムツを濡らしたんで、替えてやります。このごろじゃこういう泣き声も珍しくなりました。耳が自分のものじゃなくていつもぐいぐい引っぱられて、子供が泣いてないか、呼んでないか聞き耳立ててないといけない、そういう母親業はもうほぼ終わりました。しばらく一緒に座ってロニーを抱きかかえ、窓の外の、何列も光がのびている、炭色に広がる街を眺めます。「シューギリー」とロニーは息を吐いて、体を丸めてすり寄ってきます。寝ついたロニーをあたしはベッドに運んでいきます。シュ、ー、ギ、リ、ー。妙な言葉、この家族の言葉、エミリーから引き継がれた、エミリーが創った、きもちいいと言ってる言葉。

こんなふうにいろんなところでエミリーは自分の痕跡を残しています。そう声に出して言ってみて、言った自分に驚きます。どういう意味なんでしょう？　あたしは何を集めはじめたんでしょう、何と何を合わせてひとつにまとめようとしてるんでしょう？　あの子の辛い成長期。戦争の時代。あんまり覚えていません。仕事に出ていたし、下の子が四人生まれたし、あの子に割く時間はありませんでした。母親、主婦、買い物係の仕事をあの子に手伝ってもらうしかなかったんです。あの子としても自分の痕跡を残さないわけには行きませんでした。朝の危機、ほとんどヒステリー状態――お弁当を作って、髪を梳かして、コートと靴を出してやって、みんな学校やチャイルドケアに遅刻しないよう送り出して、赤ちゃんを車に乗せる支度をする。そうしていつも、下の子がいたずら書きをしたレポート、スーザンが見たけどどこかへやってしまった本、やってない宿題……。あの巨大な学校に飛んでいったあの子は、大勢の中にすっかり埋もれて、大海の中の一滴で、準備も心構えも全然出来ていなくて、教室ではいつも口ごもってばかりで自信が持てませんでした。

子供たちを寝かしつけたらもう、残っている時間はほとんどありませんでした。あの子は一生懸命本を読んで、いつも食べていて（このころ、わが家で語り草のものすごい食欲を示すようになったんです〉、あたしはアイロンをかけているか、翌日の食事の支度をするか、戦地にいるビルにVメールを書くか、赤ん坊の世話をしているかでした。時おりあの子は、あたしを笑わせようというのか、それとも焼け糞になってるからか、学校で起きたことを演じたり、ほかの子の真似をしたりしてみせました。

あたしは一度「そういうの、学校のアマチュアショーでやってみたら？」と言ったと思います。ある日の午前、職場に電話してきて、しくしく泣いてるんでほとんど何言ってるかわからないんですけどたぶんこう言っていました——「母さん、やったよ、優勝したよ、優勝したよ、一等賞もらったよ。みんなさんざん拍手してくれていつまでも舞台から下りさせてくれなくて」。

そうやっていっぺんにあの子はひとかどの人間になって、人とは違うという立場に閉じ込められているという意味では全然目立たなかったときと同じでした。

ほかの高校でも演じるよう頼まれて、さらには大学でも、やがては大都市や州全体の催し物に呼ばれました。初めて一家で観に行ったとき、最初の瞬間だけはあの子だとわかりました。痩せこけて、おずおずして、カーテンにほとんど埋もれているみたいで。それから——え、これがエミリー？　完璧なコントロール、存在感、百発百中の道化ぶり、呪縛力、そうしてゲラゲラ笑って足を踏み鳴らす観客、この貴重な笑いを人生から逃すまいとみんな必死で。

そのあとで——あんなに才能があるんだ、何かしてあげなくちゃ。でもお金もないしやり方もわからないし、何ができます？　結局すべてあの子任せで、才能が使われて伸びもすれば、内で渦巻いて詰まって固まってしまったりもしました。

あ、帰ってきました。玄関の階段を二段ずつ、軽い優美な足どりでのぼってきます。今夜はいい気分なんだとわかります。お電話くださった原因のようなことは、今日はなかったみたいです。

「アイロンいつになったら終わるの、母さん？　ウィスラーはロッキングチェアに座ってる母親を描いたけど、あたしはアイロン台の上にかがみ込んでる母さんを描くっきゃないね」。今夜はいつになくお喋りで、冷蔵箱から出した食べ物を皿に並べながら、いろんなこと、何でもないことを話してくれます。

ほんとに愛らしい姿です。あなたどうして、話しに来てくれなんておっしゃったんです？　何が心配だったんです？　この子は自分で道を見つけますよ。

階段を上がって寝床に向かいます。「朝、ほかの子たちと一緒に起こさないでね」「だってあんた、中間試験じゃないの」「あ、試験ね」あの子はまた戻ってきて、あたしにキスして、さも軽い口調で言います――「二年したらみんな原爆で死んでどうでもよくなっちゃうよ」。

前にもそう言ってました。これ、本気で信じてるんです。でもあたしはずっと過去を浚《さら》っていたんで、人間というものを作り上げているすべてがあたしの中ではあまりに重くあまりに意味があります。そんな考え、今夜は耐えられません。

総計は決して出さないでしょう。そちらに伺って、こう語ることは決してないでしょう――あの子はめったに笑顔を向けてもらえない子供でした、一歳になる前に父親が出ていきました、最初の六年間あたしは仕事があれば仕事に出るか、あの子をホームや親戚の家に預けるかでした、嫌でたまらない世話をあの子が受けた年月もありました、白い肌とカールした金髪とえくぼがもてはやされる世の中であの子は色黒で痩せていて外国人に見えて、口先の達者さが尊《たっと》ばれるなかで頭の回転は遅かった、自慢の愛ではなく不安の愛の子供でした、わが家は貧しくてのびのび育つ土壌を与えてやれませんでした、あたしは若い母親で気もそぞろな母親でした、ほかの子たちもぐいぐい寄ってきてあれこれ要求しました、妹はあの子と正反対に見えました、あの子はあたしに触《さわ》られたがらない時期が何年かありました、あまりに多くを自分の中にため込んでいました、ため込むしかない生活だったんです、あたしに知恵がついたときにはもう手遅れでした、いろんなものを持っている子ですけど出てくるのはごくわずかでしょう、あの子は時代の子なんです、恐慌と戦争と不安の子なんです。

そっとしておいてください。たしかに、あの子の中にあるものすべてが花開きはしないでしょう。でもそうなる子なんて、どれくらいいます？　それでもまだ、生きていくには十分残ってるはずです。あの子が知る手助けだけしてやってください、あの子が知る意味があるようにしてやってください、あの子はこのアイロン台に載った、アイロンを前にしてまるで無力なこのワンピース以上の何かなんだと。

サニーのブルース
Sonny's Blues
（1957）

ジェームズ・ボールドウィン
James Baldwin

私はそれを新聞で読んだ。通勤の途中、地下鉄のなかで。読んで、信じられなくて、もう一度読んだ。それから、たぶんただぼうっと、活字が彼の名を綴っているのを、物語を綴っているのを見ていた。車内の揺れる照明の下で私はそれを見ていた。外で轟く闇に囚われた、乗っている人たちの顔や体のなか、私自身の顔のなかにもそれが見えた。

信じられるわけがない。そう自分にくり返し言い聞かせながら、地下鉄の駅から高校まで歩いていった。と同時に、疑うこともできなかった。私は怯えていた。サニーのことを想って怯えていた。サニーがふたたび私にとって現実になった。大きな氷の塊が腹に居座って、そこで一日ずっと、私が代数の授業をやっているあいだじわじわ溶けていった。それは特別な種類の氷だった。溶けつづけ、氷水がちろちろと血管のなかを上下していくのだが、いくら上下しても少しも減らないのだ。時にそれは硬くなり、どんどん拡張してしまいには腸が外にこぼれ出てきそうに、私自身が窒息するか悲鳴を上げるかしそうに思えた。そうなるのはいつも決まって、サニーがかつて言ったりやったりしたことを具体的に思い出している最中だった。

いま私が教えている生徒たちくらいの歳だったころ、サニーの顔は明るく屈託がなく、銅色の輝きがみなぎっていた。まっすぐ相手を見る茶色い目はいかにも感じがよく、全体に大らかな優しさと、ひそやかさが漂っていた。いまはどんなふうに見えるのだろう。前の晩にダウンタウンのアパートで警察の手入れがあって、サニーはヘロインの販売と服用のかどで捕まったのだった。

私には信じられなかった。でもそれはつまり、そのことを受け入れる場所を私が自分のなかに見つけられなかったということだ。長いあいだずっと、そういうことを私は自分の外に追いやってきた。私は知りたくなかった。うすうす勘づいてはいたが、それに名を与えもせず、ずっと遠ざけていた。サニーはいつだっていい子だった。サニーは無茶苦茶だけど狂っちゃいない、と自分に言い聞かせた。それにサニーはいつだっていい子だった。子供はあっという間に、特にハーレムではあっという間に冷酷で邪悪になりうるし人を人とも思わなくなるけれどサニーはそうならなかった。いままで多くの子供たちを見てきたのと同じようにサニーが堕《お》ちていくのを――まるっきりゼロになって顔から光が消えていくのを――見ることになるなんて信じたくなかった。でもそれは起きてしまったのであり、そして私はいまここで、ひょっとしたら全員トイレに行くたびに針を打っているかもしれない子供たちに向かって代数の話をしている。クスリの方が代数なんかよりこの子たちの役に立っているんじゃないか。

初めてヘロインをやったとき、サニーはいまここにいる子たちとそんなに変わらない歳だったはずだ。この子たちはあのころ私たちが生きていたのと同じように生きていて、見るみる大人になってきて、今後彼らを待つ現実の低い天井に頭をぶつけている。胸の中は憤怒に満ちている。この子たちが本当に知っているのは二つの闇だけだ。いまじわじわ迫ってきている、彼らが生きる人生の闇と、その闇を見えなくしてくれる映画の闇。その闇の中で彼らはいま、一種悪意とともに夢見ていて、いつにも増してたがいに連帯し、同時にいつにも増して孤独だ。

最後のベルが鳴って最後の授業が終わると、私はふうっと息を吐き出した。何だかいままでずっと息を止めていた気がした。服が濡れていた。午後ずっと服をしっかり着たまま蒸し風呂に入っていたみたいに見えたことだろう。私は長いこと一人で教室に座っていた。外や階下で少年たちが叫び、罵り、笑う声を聴いた。彼らの笑い声に気を惹かれたのはたぶん初めてだ。それは人がなぜか子供と結びつけて考えるたぐいの、喜びにあふれた笑いではなかった。嘲《あざけ》る笑い、内にこもった笑い、貶《けな》し傷つけようとする笑いだった。それは幻滅の笑いであり、だからこそ彼らの罵りに力を与えていた。私が彼らの笑いに耳を傾けたのは、たぶんいま弟のことを考えていて、そこに弟を――そして私自身を――聞き取っていたからだろう。

一人の少年が口笛を吹いていた。すごく複雑で、同時にすごくシンプルで、まるで鳥の体から流れ出てくるようなメロディだった。すごくクールで、胸を打つ音が、ざらついたまぶしい空気を通っていき、ほかのいろんな音たちに囲まれてどうにか持ちこたえている。

私は立ち上がり、窓まで歩いていって、校庭を見下ろした。いまは春の初めで、少年たちの体内では樹液がのぼって来ている。時おり誰か教師がそそくさと、一刻も早くこの校庭から逃げ出したい、この子たちをさっさと視界からなくして頭からもなくしてしまいたいという勢いで彼らのなかを歩いていった。私は自分の荷物をまとめはじめた。家に帰ってイザベルと話さないといけない。

階段を下りていくと、校庭にはもうほとんど誰もいなかった。戸口の陰に若者が一人立っていて、まるっきりサニーみたいに見えた。私はもう少しで彼の名前を呼ぶところだった。と、それがサニーではなく、以前私たちが知っていた奴、同じ界隈に住んでいた奴だとわかった。かつてこいつはサニーの友だちだった。私の友だちだったことはない。私には歳が下すぎたし、そもそもこいつのことは好きじゃなかった。そしていまこいつは、もう大人になったのに相変わらずそのへんをうろつき、何時間も四つ角で過ごし、いつもハイになっていて、見苦しかった。時おりばったり顔を合わせると、何やかやと理由をつけて二十五セント、五十セントをたかろうとした。かならず何か本当にもっともらしい口実があって、なぜか私はいつも金をやった。

ところがいま、不意に、こいつのことが憎くなった。犬みたいに、ずる賢い子供みたいに私を見る目付きが我慢できなかった。学校の校庭で何してるんだ、とどやしつけたかった。

そいつはすすっと滑るように寄ってきて、「新聞、持ってるんだね。じゃあもう知ってるんだね」と言った。

「サニーのことか？　ああ、もう知ってる。何でお前が捕まらなかったんだ？」

そいつはニヤッと笑った。笑うと胸糞悪い顔になって、と同時に、子供のころの面影が戻ってきた。「俺、そこにいなかったから。ああいう連中には俺、近寄らないから」

「賢いこった」。私はそいつに煙草をやり、煙を通してその姿を眺めた。「お前、ただサニーのこと知らせるためにわざわざここまで来たのか？」

「そうだよ」。そいつは頭を何となく横に振っていて、目には奇妙な、いまにも寄り目になりそうな感じがあった。明るい陽ざしのせいで湿った濃い茶色の肌が死んだように見え、目は黄色く見えて、よじれた髪についた埃が目立った。体からは嫌な臭いがした。私はそいつから少し離れて、「ま、ありがとう。でももう知ってるし、家に帰らないと」と言った。

「そこまで一緒に行くよ」とそいつは言った。私たちは歩き出した。校庭にはまだ生徒が二人ばかりぐずぐずしていて、一人が私にさよならと挨拶し、私と並んでいる若者の方を怪訝《けげん》そうな目で見た。

「どうするんだい、サニーのこと?」とそいつは私に訊いた。

「いいか、こっちはもうサニーに一年以上会ってないんだ。何かするかどうかもわからない。第一、俺に何ができる?」

「そうだよな」そいつはすぐさま言った。「できることなんて何もないよな。もうサニーのこと、助けてやりようもないよな」

それは私が考えていたことであり、こいつにそんなことを言う権利はない気がした。

「でも驚いたよ、まさかサニーがさ」とそいつはなおも言った。妙な喋り方だ——まっすぐ前を見て、独り言を言っているみたいに喋る。「サニーって頭いい奴だと思ってたよ、頭いいから捕まるわけないって」

「本人もそう思ってただろうよ」と私はピシャッと言い返した。「そうやって捕まったのさ。

で、お前はどうなんだ？　お前もきっと、相当頭いいんだろうな」

　するとそいつは、少しのあいだ、まっすぐ私の方を見た。「俺、頭よくないよ。よかったらもうとっくの昔にピストルに手出してるよ」

「おい。お前の悲しい身の上話はよせ。こっちが作ってやりたいぜ、お前の悲しい身の上話」。でもそう言ったあとで気がとがめた。たぶん、こいつに自分の話なんてあるわけない、ましてや悲しい話なんてあるわけがない、と勝手に決めてしまったことに気がとがめたのだろう。そこで私はすぐさま「これからどうなるのかな、サニー？」と訊いてみた。

　そいつは答えなかった。どこかよその場所に、一人でいる。「妙なものでさ」とそいつは言った。ブルックリンへ行くにはどう行くのが一番早いか相談しているみたいな口調だった。「けさ新聞を見たとき、まず思ったのは、これって俺が何か関係あるのかなってことだったんだ。何となく、俺のせいだって気がして」

　私はもっと注意深く聞きはじめた。地下鉄の駅はもうすぐ前の四つ角であり、私は歩みを止めた。そいつも止まった。目の前は酒場で、そいつは少し体を丸めて中を覗き込んだが、誰を探しているにせよ、その人間は中にいないようだった。ジュークボックスは弾むような黒人の音楽をガンガン鳴らしていて、私はバーメイドの女がジュークボックスからカウンターのうしろの定位置へ踊るように戻っていくのを眺めた。その顔を私が眺めていると、女は誰かに何か言われたのか笑って受け答えし、体はなおもリズムに合わせて動かしていた。女が笑うと小さな女の子が見えた。なかば娼婦のやつれた顔の下に、破滅に向かうしかない、でもまだ頑張っている女が感じとれた。

「俺、サニーに何も渡しちゃいないぜ」と若者はやっと口を開いた。「でもずっと前に、俺がハイになって学校行ったらさ、サニーに、どんな感じなんだって訊かれたんだ」。そいつはそこで言葉を切った。私はそいつを見るのが耐えられなくて、バーメイドを見て、舗道を揺さぶるほどに思える音楽に耳を澄ませた。「気持ちいいよって答えた」。音楽が止んで、バーメイドもしばし動きを止めて、音楽がまた鳴り出すまでジュークボックスを見ていた。「ほんとに気持ちよかったんだよ」

ひとつの流れが出来て、行きたくないところへ私を連れていこうとしている。ドラッグがどんな気持ちかなんて聞きたくない。ドラッグがすべてを脅威で満たしていた——人々を、家々を、音楽を、色黒で快活なバーメイドを。この脅威がこの連中の現実なのだ。

「これからどうなるのかな、サニー？」と私はもう一度訊いた。

「どっかに送り込まれて、治療されるんだよ」。そいつは首を横に振った。「ひょっとして、これで治ったぞって本人も思うかもしれない。そうして、外に出される」身ぶりで示し、煙草を道端の溝に捨てる。「それだけさ」

「どういう意味だ、それだけって？」

けれどどういう意味か、私にもわかっていた。

「だからさ、それだけってことだよ」。首を回して私を見て、口をへの字に曲げてみせた。「わかんないのかい、俺の言ってること？」と穏やかな声で訊いた。

「どうしてわかるんだよ、お前の言ってることなんか？」なぜかほとんどヒソヒソ声で私は言った。

「そうだよな」とそいつは宙に向かって言った。「この人にわかるわけないよな、俺の言うことなんか」。そしてまた私の方に辛抱強い落着いた顔を向けたが、私はなぜかそいつが震えているような気がした。ブルブル震えて、いまにもバラバラになってしまいそうに思えた。私はまた腹のなかに氷を感じた。午後のあいだずっと抱いていた恐怖を感じた。私はまた、バーメイドがカウンターのあたりを動き回り、グラスを洗い、歌うのを眺めた。「いいかい。サニーは外に出されて、また一から同じことが始まるんだよ。そういうこと言ってるんだよ」

「つまり——外に出される。じわじわ中へ戻っていく。絶対やめられない。そういうことか？」

「そのとおり」そいつは陽気に言った。「わかってるじゃねえか」

「教えてくれよ」と私はしばらくしてから言った。「サニーの奴、なぜ死にたいんだ？　あいつどう見ても死にたがってる、自分から死のうとしてる、なぜ死にたいんだ？」

そいつは驚いた顔で私を見た。そして唇を舐めた。「死にたいんじゃないさ。生きたいんだよ。死にたい奴なんていないよ、一人も」

そうして私はそいつに訊きたかった——あまりに多くのことを。そいつに答えられるわけがない。答えたとしたら私の方が耐えられなかっただろう。私は歩き出した。「ま、俺がとやかく言うことじゃない」と私は言った。

「サニーにはキツいことになるな」とそいつは言った。「あんた、ここから乗るの？」。私はうなずいた。私は一歩下へ降りた。「しまった！」とそいつは突然言った。私は顔を上げた。そいつはまたニヤッと笑った。「うっかり金、全部家に置いてきちまった。あんた、一ドルとか持ってないかな？　二、三日でいいんだ」

突然、私の内側で何かが崩れて、外へどっとあふれ出てしまいそうになった。もうそいつが憎くなかった。いまにも子供みたいに泣き出してしまいそうだった。

「いいともさ」と私は言った。札入れを覗くと、一ドル札はなくて、五ドルが一枚あるだけだった。「さ、これで足りるか？」

そいつは札を見なかった——見たくなかったのだ。不様《ぶざま》な、閉ざされた表情がその顔に浮かんだ。まるで札の番号を自分にも私にも秘密にしておこうとするみたいに。「ありがとう」とそいつは言って、もう私にさっさと行ってほしがっていた。「サニーのこと、心配ないよ。俺、手紙か何か書くから」

「ああ、そうしてくれ」と私は言った。「じゃあな」

「それじゃまた」とそいつは言った。私は階段を下りていった。

そして私は長いあいだサニーに手紙も書かず物も送らなかった。やっと連絡したのは私の幼い娘が死んだすぐあとのことだった。サニーが送ってよこした返事を読んで、自分が最低の人間に思えた。

サニーはこう書いていた。

兄貴へ

兄貴からの連絡を俺がどれだけ求めていたか、わかってはもらえないと思う。こっちから手紙を書きたいと何度も思ったけど、俺が兄貴をどれだけ傷つけたかは自覚してたから書かなかった。けれどいま俺は、どこかの深い、すごく深い臭《くさ》い穴をずっとよじのぼっていてやっと太陽が上に、外に見えた人間みたいな気分なんだ。とにかく何とかして外に出なくちゃいけない。

どうしてここに行きついたかは、あんまり話せない。というか、どう話せばいいかもわからない。たぶん何かを怖がってたのか、それとも何かから逃げようとしてたのか、とにかく俺があんまり頭いい方じゃないのは兄貴も知ってるよな（笑）。母さんも親父ももう死んで、息子がどうなったか見ずに済んでよかったよ、誓って言うけど俺は自分が何やってるかわかってたら絶対に兄貴をあんなふうに傷つけはしなかった、兄貴だけじゃなく俺に優しくしてくれて俺のことを信じてくれた大勢のいい人たちみんな。

俺がミュージシャンだからだとは思わないでほしい。これはもっと大きい話なんだ。それとももっと小さいのか。ここにいると何事もまともに考えられないから、また外に出たときに自分がどうなるのかも考えないようにしてる。ときどき、もうプッツリ切れちまっていつまでも出られないんじゃないかと思うこともあるし、またすぐ戻ってきちまうんじゃないかと思ったりもする。でもこれだけははっきり言う。もう一度一からこんなことやるくらいなら、銃で脳味噌吹っ飛ばした方がましだ。まあでもみんなそう言うんだって言われた。ニューヨークにいつ戻れるか、知らせたら会ってもらえるかな、そうしてもらえたらすごく嬉しい。イザベルと子供たちによろしく。グレイシーのことは本当にお気の毒でした。母さんみたいに、御心《みこころ》が為されますようになんて言えたらいいんだけど、どうなんだろうなあ、ただひとつ絶対終わらないのは災い《トラブル》だけって気が俺はするけど、そのことで神を責めて何か足しになるかどうかはわからない。でもまあ信じればきっとそれなりに足しになるんだろうね。

弟サニー

それからはサニーと頻繁に連絡を取りあい、物も送れる限り送って、サニーがニューヨークに戻ってきたときも迎えに行った。サニーを見たとたん、忘れたつもりだったいろんなことが一気に戻ってきた。それは私がやっとサニーのことを、サニーが胸の内で生きている生のことを本気で考えはじめたからだ。その生がどんなものであれ、この生ゆえにサニーはより老いて、より痩せてしまっている。サニーは前々からいつも、隔たりある静かさのようなものに包まれていたが、その静かさがいまやいっそう深まっていた。サニーは全然私の弟のように見えなかった。それでも、ニッコリ笑って私と握手したりするときなど、いままで一度も知らなかった弟が、自分一人の生の奥深くから、光の方へ誘い出してもらうのを待っている動物みたいにこっちを見ているのだった。

「元気にしてたかい?」とサニーは私に訊いた。

「ああ。お前は?」

「元気さ」。ニコニコ満面の笑み。「また会えて嬉しいよ」

「こっちもだよ」

七つという歳の差が、深い溝のように私たちのあいだに広がっている。この隔たりが逆に橋渡しをしてくれることはあるんだろうか。私は思い出している、矢継ぎ早に、サニーが生まれたとき自分がそこにいたことを、サニーが初めて喋った言葉を自分が聞いたことを、歩きはじめたときサニーが母親の許からまっすぐ私の方に歩いてきたことを――この世界で初めて歩んだサニーを、倒れる直前に私がつかまえたのだ。

「イザベルはどう?」

「元気だよ。お前に早く会いたいって言ってる」

「子供たちは？」

「子供たちも元気だ。叔父さんに会いたがってる」

「よせやい、俺のことなんて覚えちゃいないだろ」

「何言ってんだ、もちろん覚えてるさ」

サニーはまたニヤッと笑った。私たちはタクシーに乗り込んだ。おたがい言いたいことはものすごくたくさんあった。あまりにたくさんあってどこから始めたらいいかわからないくらい。

タクシーが動き出すと、私は「まだインドに行きたいのか？」と訊いた。

サニーは笑った。「まだ覚えてるのか。いや、全然。ここでもう十分インドだよ」

「元々インディアンの場所だったんだものな」と私は言った。

サニーはまた笑った。「奴らここを捨てたとき、自分が何やってるのかしっかりわかってたよな」

何年も前、十四くらいのときに、インドへ行くという思いにサニーは取り憑かれたのだった。本もいろいろ読んだ。どんな天気でも――それも当然たいていはひどい天気のなかで――裸で岩の上に座り込み、熱い石炭の上を裸足で歩いて叡智に達する人たちの本を。それって叡智から目一杯速く逃げてるみたいに聞こえるがな、と私は言ったものだった。そんなことを言う私を、サニーはいくぶん見下していたと思う。

「運転手さんに、公園ぞいを走ってくれって頼んでもいいかな？　公園の西側をさ――この街、もうずいぶん長いこと見てないから」

「もちろん構わんさ」と私は言った。いかにも合わせてやっているみたいな口調になっていないか心配だった。サニーがそういうふうには受け取らないといいが。

　というわけで私たちは公園の緑と、ホテルやアパートメントの命なき石の優雅さとのあいだを進んで、やがて二人とも子供時代を過ごした、生命あふれる、かつ人を殺す界隈まで来た。このへんの街路は変わっていないが、いまでは高層団地があちこち、煮えたぎる海の只中にそびえる岩みたいに空に向かって突き出ている。私たちが育った家の大半はもうなくなったし、私たちが万引きした店、初めてセックスを企てた地下室、空缶や煉瓦を地上に投げた屋上も同じだった。けれど私たちの過去の家々とまったく同じような家々がいまも街の風景の核になっていて、かつて少年だった私たちとまったく同じような少年たちがそれらの家のなかで息が詰まる思いをし、光と空気を求めて街に出て、危険に取り囲まれることになる。罠から逃げられる者もいるが、大半は逃げられない。出ていった者は、動物が脚を一本切断して罠に置き去りにしていくみたいに、つねに何かを残していく。まあ私自身、教師になったのだから一応逃げたと言えるのだろう。サニーにしても、もうハーレムには何年も住んでいない。けれども、タクシーが北上して、暗い色の人間たちが増えて街も一気に暗くなっていくなかを進みながら、サニーの顔をこっそり観察していると、タクシーのそれぞれ別々の窓から私たち二人が探しているのは、まさに置いてきた自分たちの名残なのだということに私は思いあたった。なくなった部分が疼くのはつねに、災いに見舞われ、真実に直面する時なのだ。

一一〇丁目まで来て、レノックス・アベニューを上がっていく。この大通りは一生ずっと知ってきたけれど、いまふたたび、サニーの逮捕のことを知った日と同じように、隠れた脅威がここには満ちているように思えた。それがこの通りの生の息吹にほかならないのだ。

「もうじきだな」とサニーが言った。

「もうじきだ」。二人とも緊張していて、それ以上何も言えなかった。

私たち一家は団地に住んでいる。建ってからそんなに日は過ぎていない。建って数日は住めないくらい新しく思えたものだが、いまはもちろんすでに荒れ果てている。よい暮らし、清潔で顔のない暮らしのパロディみたいに見える。そこに住んでいる人間たちが、全力でパロディに変えているのだ。そのへんに生えている、踏みつぶされたみたいな芝では生活を緑にするに十分ではないし、生け垣では決して街路の侵入を阻《はば》めない。誰だってわかっている。大きな窓なんかに誰もだまされない。いくら窓が大きくたってスペースがないところからスペースを作れはしない。みんな窓なんかに目もくれず、代わりにテレビの画面を見ている。運動場に好んで来る子供たちはジャックスもやらないし縄跳びもしないしローラースケートもせずブランコにも乗らず、暗くなってから現われる。うちがここへ越してきたのは、ひとつには私の職場に近いから、ひとつは子供たちのためだが、サニーと私が育った家と本当に変わらない。同じことが起きて、同じ記憶が残るだろう。サニーと一緒にわが家へ入っていきながら、自分が単に弟を、逃げようとして危うく命を落としかけた危険のなかへ連れ戻しているだけという気がした。

サニーは口数が多かったためしはない。だから、その最初の晩、夕食が済んだら私と話したがっているとなぜ確信できたのか、自分でもわからない。何もかも上手く行っていた。上の子は叔父さんのことを覚えていたし、下の子もサニーを気に入り、サニーは二人それぞれにお土産を持ってきてくれていた。イザベルは元々私よりずっと気の好い、もっと大らかで、与えるということを知る性格であり、この夕食にもすごく手間をかけて、サニーが来たことを本気で喜んでいた。それに彼女はいつも、私には真似できないやり方でサニーをからかうことができる。イザベルの顔が久しぶりに生きいきとしているのを見て、笑うのを聞き、サニーを笑わせるのを見るのはすごくいい気分だった。彼女は少しも——少なくとも見た目には——落着かなかったり気まずかったりしていない。避けないといけない話題など何もないかのように気楽にペチャクチャ喋り、はじめはわずかにぎこちなかったサニーの硬さをほぐしていった。イザベルがいてくれて本当によかった。なぜなら私は、あの氷のような恐怖感にまたも襲われていたのだ。自分が何をやってもぎこちなく思えたし、何を言っても隠れた意味が背後にある気がした。ドラッグ依存症に関していままでに聞いたいろんなことを思い出そうとし、その徴候がないかサニーを観察していた。べつに悪意があってやったのではない。私はただ、自分の弟について何かを探り出そうとしていたのだ。俺は大丈夫だよ、安全なんだよとサニーが言ってくれるのを聞きたくてたまらなかったのだ。

「安全だと！」子供たちのためにもっと安全な界隈に引越したら、と母が持ちかけるたびに私の父は吐き捨てるように言った。「何が安全だ！　子供にだろうが誰にだろうが、安全な場所なんてあるもんか」

父はいつもこんなふうにわめき散らしたけれど、いつも決して口ほどひどくはなかった。週末に酔っ払うときでもそうだった。実際父だって「もう少しマシな暮らし」にいつも目を光らせていたのだが、それを手に入れる前に死んでしまったのだ。突然、戦争中の酒浸りの週末に父は死んだ。サニーが十五の時だ。父とサニーはずっと上手く行っていなかった。ひとつには父にとってサニーが眼のなかに入れても痛くないほど可愛かったからだ。サニーのことを心底愛し、サニーのことが心配で仕方ないせいで、年じゅう喧嘩する破目になったのだ。サニーと喧嘩するのは得策じゃない。あっさり身を引いて、内にこもり、届かないところに行ってしまうからだ。けれど二人がどうしても仲よくやれなかった主な理由は、彼らがすごくよく似ていたことだ。父は大男で荒っぽくて声が大きくて、サニーとは正反対だったが、二人とも同じものを持っていたのだ——同じひそやかさを。

これについて母は私に何かを伝えようとした。父が死んですぐの時だ。私は軍隊の休暇で帰って来ていた。

私が生きた母を見たのはこのときが最後だった。とはいえ、私の頭のなかでは、このときの母の姿が、母のもっと若いときの記憶と混じりあってしまう。私にいつも見える母の姿は、たとえば日曜の午後、日曜昼のごちそうを食べたあとに年寄りの人たちがお喋りしているときの母だ。私の目に映る母は、いつも水色の服を着ている。母はソファに座っている。そうして父は、母からさほど離れていない安楽椅子に座っている。そしてリビングルームには教会の人や親戚が大勢いる。部屋じゅうに置かれた椅子にそれぞれ座って、外では夜が少しずつ迫ってきているが、まだ誰もそのことを知らない。窓ガラスに接して闇が濃くなっているのが見え、時おり通りの物音や、近所の教会からタンバリンがジャラジャラ鳴る響きが聞こえてきたりするが、部屋の中はすごく静かだ。一瞬誰も喋らず、どの顔も、外の空と同じく闇に染まってきている。そして私の母は腰から上を少し揺らし、父は目を閉じている。誰もが子供には見えない何かを見ている。少しのあいだ、みんな子供たちのことを忘れている。一人の子供が絨毯に寝転がってなかば眠っているかもしれない。誰かが子供を膝の上に載せて、ぼんやりその頭を撫でているかもしれない。あるいは大人しい、大きな目をした子供が、隅の大きな椅子の上で丸まっているかもしれない。その静かさ、迫ってくる闇、大人たちの顔を染める闇が、何とはなしに子供を怯えさせる。いま自分のおでこを撫でてくれている手が決して止まりませんように、この手が決して死にませんように、と子供は願う。いつの日か、年寄りたちがもうリビングルームに集《つど》わなくなって、自分たちがこれまでいた場所のこと、これまで見たもののこと、自分や親類の身に起きたことを語りあわなくなる、そんな日が決して来ませんようにと子供は願う。
だが子供のなかに、何か深い、油断を怠らないものがあって、その何かは知っている、これがいつか終わること、すでに終わりはじめていることを。じきに誰かが立ち上がって明かりを点けるだろう。そして年寄りたちは子供らのことを思い出し、その日はもう何も話さないだろう。そして光が部屋を満たすとき、子供は闇に満たされる。そのたびに、自分がまた少し外の闇に近づいたことを子供は知っている。外の闇――年寄りたちはいままでその闇のことを話していたのだ。その闇こそ彼らがこれまでいた場所なのだ。その闇に彼らはいまも耐えている。年寄りたちがもう話さない理由を子供は知っている。彼らの身に起きたことを子供が知りすぎてしまえば、子供はあまりに多く、あまりに早く知ってしまうからだ――これから自分の身に起きることを。

母と最後に話したとき、そわそわ落着かなかったことを私は覚えている。私は早く帰ってイザベルの顔が見たかった。私たちはそのころまだ結婚していなくて、二人のあいだで解決しないといけないことがたくさんあった。

そのとき母は黒い服を着て窓辺に座っていた。古い教会の歌を母はハミングしていた。主よ、あなたのお導きではるかここまで参りました。サニーはどこかに出かけていた。母は何度も外の通りを見た。

「あんたがここから出ていったら、もう二度と会えないかもしれない。でもあたしがあんたに教えようとしたことは、ちゃんと覚えておいてほしいよ」

「そんな言い方よしなよ」と私は言ってニッコリ笑った。「ママはまだずっとここにいるよ」

母もニッコリ笑ったが、何も言わなかった。母は長いこと黙っていた。やがて私が口を開いた。「ママ、何も心配しなくていいよ。しょっちゅう手紙も書くし、小切手も……」

「あんたの弟のこと、話したいんだ」と母はいきなり言った。「もしあたしに何かあったら、あの子のこと気をつけてあげる人間が一人もいなくなっちまうんだよ」

「ママ、ママにもサニーにも、何もあったりしないよ」と私は言った。「サニーは大丈夫だよ。あいつはいい子だし、分別もちゃんとある」

「いい子かどうかの問題じゃないよ」と母は言った。「分別の問題でもない。悪い奴だけが、馬鹿な奴だけが呑み込まれるんじゃないんだ」。母は言葉を切って私を見た。「あんたの父さんには弟がいたんだ」と母は言って微笑んだ。痛みを内に抱えていると思える笑みだった。「知らなかっただろ？」

「うん、知らなかった」と私は言って母の顔を見つめた。

「いたんだよ。あんたの父さんには弟が」。母はまた窓の外を見た。「あんた、父さんが泣くところ見たことないだろ。けどあたしは見た。何べんも、長年ずっと」

私は母に訊いた。「その弟ってどうなったの？　どうしていままで誰も何も言わなかったの？」

このとき初めて、私の母は老けて見えた。

「殺されたんだよ。いまのお前よりほんの少し若いころに。あたしはその弟のこと知ってた。いい子だったよ。まあちょっとワルではあったけど、誰にも悪気を持ったりしなかった」

そうして母は口をつぐみ、部屋は静かになった。ときどき日曜の午後にしんと静まり返るのとまったく同じだった。母は何度も外の通りを見た。

「弟は工場で働いてた」と母は言った。「で、若いのはみんなそうだけど、土曜の夜に音楽をやるのがあの子は好きだった。土曜の夜になると、あの子とお前の父さんとでいろんな場所にふらふら出かけてくんだ――ダンスパーティーに行ったり、知ってる連中と一緒にただ単につるんだり、そうして弟が歌うんだよ、いい声してたよ、ギター弾きながら歌うんだ。それで、ある土曜の夜、お前の父さんと弟の二人でどっかから帰って来る途中で、二人とも少しお酒が入ってて、月が出ていて昼間みたいに明るかった。弟はいい気分で口笛なんか吹いて、ギターを背中にしょってた。二人で丘を下っていて、下にはハイウェイからつながってる道路があった。で、お前の父さんの弟は、いつだってはしゃぎ回るのが好きで、このときも丘を駆け降りることにした。そうやって駆けて、ギターが背中に当たってバン、ジャランって鳴って、弟は道路を走って渡って、木の蔭で小便をやり出した。お前の父さんはまあなんとなく面白がって見ていて、まだ丘をのんびり下りてる最中だった。と、車のエンジンの音が聞こえて、同時に弟が木の蔭から出てきて、月光の下で、道路に出て道を渡りはじめた。するとお前の父さんは、自分でもなぜかわからないって言ってたけど、丘を駆け降りはじめた。その車には白人の男がいっぱい乗ってた。揃って酔っ払っていて、お前の父さんの弟を見るとみんな素っ頓狂な声を上げてギャアギャアわめいて車をまっすぐ弟の方に向けた。単に面白がって、ただ怖がらせようとしてたんだ、ああいう連中はよくそういうことするだろ。でも奴らは酔っ払ってた。で、たぶん弟の方も酔っていて、怯えたもんだから、頭が真っ白になったんだと思う。跳んでよけたときには、もう手遅れだった。お前の父さんが言うには、弟の悲鳴が聞こえて、車が体の上を走り抜けていって、ギターの板がべしゃっと割れる音がして、弦が切れて飛び散る音がして、白人の男たちがわめく声がして、車はそのまま走りつづけて、いまもまだ止まっていない。で、お前の父さんが丘を下りていったときには、弟はもう血とどろどろだけだった」

涙が母の顔の上で光っていた。私に言えることは何もなかった。

「父さんが決してこの話をしなかったのは」と母は言った。「あんたたちの前で話すのをあたしが許さなかったからだよ。あんたの父さんはその晩狂ったみたいになってたし、そのあと何晩もずっとそうだった。あの車のライトが行っちまったあとあの道路はほんとに暗かった、あんなに暗いものは見たことがないって父さんは言ってた。何もなくて、道路には誰もいなくて、あんたの父さんと弟と壊れたギターだけだった。そうだったんだよ。あんたの父さんはその後二度と元に戻らなかった。死ぬ日までずっと、白人を見るたびに、弟を殺した奴じゃないかって思えたんだ」

母は言葉を切って、ハンカチを取り出して目を拭い、私を見た。

「こんな話をするのも、べつにお前を怯えさせようとか怒らせようとか、誰かを憎ませようってわけじゃない。話すのは、お前にも弟がいるからだよ。そして世界は変わってないからだよ」

そんな母の言葉を、私は信じたくなかったのだと思う。そのことを母は私の顔に読みとったと思う。母は顔をそむけて、また窓の方を向き、何かを探して通りを見渡していた。

「でもあたしは我らの贖《あがな》い主を讃える」と母はようやく言った。「父さんを、あたしより先にお呼びくだすったんだからね。べつに自分に花を投げるつもりはないけど、あんたの父さんが無事にこの世の暮らしを終えるのを助けたんだと思うと、少しは気が楽になる。あんたの父さんはいつも、この世で最高に荒くれの、最高に強い男みたいにふるまってたからね。で、みんなもほんとにそういう人間なんだと受け取った。でももし、あれであたしがいなかったら――あの人の涙をあたしは見たんだ！」

母はまた泣いていた。それでも私は動けなかった。「ねえママ、知らなかったよ、そんなことだったなんて」

「ハニー、あんたが知らないことはまだまだたくさんあるんだよ。でもおいおいわかるよ」。母は窓辺から立ち上がって、私の方に来た。「弟を放しちゃいけないよ」と母は言った。「あの子を倒れさせちゃいけない、あの子に何が起きようと、どれだけあの子と仲違《なかたが》いしようと。あんたは何度もあの子と仲違いすることになる。でもあたしが言ったこと忘れちゃ駄目だよ、いいね？」

「忘れないよ」と私は言った。「心配しないで、忘れないから。サニーの身に何も起こさせやしないよ」

　母はニッコリと、私の顔に何か愉快なものが見えたかのように笑った。やがて母は言った。

「何が起きるのもあんたには止められないかもしれない。でもあんたがそこにいることは、ちゃんとあの子に伝えなくちゃいけない」


　私は二日後に結婚し、街を去った。考えるべきことはとにかくたくさんあって、母との約束もほぼ忘れてしまった。母の葬式に出るために特別休暇で帰国してやっと思い出した。

　そして葬式のあと、がらんとしたキッチンでサニーと二人きりになって、私はサニーについて何かを知ろうとしたのだ。

「お前、何がしたいんだ？」と私は訊いた。

「ミュージシャンになる」とサニーは言った。

　私がいないあいだにサニーはダンスを卒業してジュークボックスに進み、そこからさらに、誰が何を演奏してどんなことをやっているのかを探る段階まで来ていて、ドラムセットも買っていた。

「え、ドラマーになりたいのか？」。私は何となく、ドラマーはほかの連中にはいいかもしれないけれど私の弟にはふさわしくない気がしたのだ。

「俺はいいドラマーにはなれないと思う」サニーはひどく真剣な顔で私を見ながら言った。

「でも俺、ピアノは弾けると思う」

私は眉をひそめた。兄という役割をこんなに本気で演じるのは初めてだったし、そもそもいままで、サニーに何か訊ねるなんてやったことがなかったのだ。どう操ったらいいのかわからないものの前、理解できないものの前に出たことを感じた。それで、眉をますますひそめながら「どういう種類のミュージシャンになりたいんだ？」と訊いた。

サニーはニヤッと笑った。「何種類あると思う？」

「本気で話せよ」と私は言った。

サニーは笑って頭をうしろに倒し、それから私を見た。「俺、本気だよ」

「それじゃはぐらかしたりしないで、本気の質問にちゃんと答えろ。つまりさ、コンサートピアニストになりたいのか、クラシック音楽とかやりたいのか、それとも――それとも何なんだ？」。私が言い終えるずっと前からサニーはまた笑っていた。「真面目にやれよ、サニー！」

サニーは真顔になったが、それを保つのに苦労していた。「ごめん。だって兄貴の言い方があんまり――怯えてるみたいで！」そう言ってまた笑い出した。

「まあいまは面白がってるかもしれんが、いざ食っていこうとなったらそんなに笑っちゃいられないぞ、それは言っておくからな」。私はカッカしていた。サニーに笑われているのはわかっても、なぜ笑われているのかはわからなかったからだ。

「いいや」とサニーはとことん真顔になって言った。たぶん私を傷つけてしまったかと心配したのだろう。「俺はクラシックのピアニストになりたいんじゃない。そういうのには興味がない。だからさ――」サニーは言葉を切って私のことをじっと、あたかも目でも理解させようとするみたいに見て、それから、今度は手が助けになるかと空しく身ぶりをしてから言った――「だから、まだ一杯勉強しないと駄目で、何から何まで学ばないといけないけど、だから俺、ジャズミュージシャンたちと一緒にやりたいんだよ」。サニーは黙った。「ジャズをやりたいんだ」

ジャズ、という言葉がその午後サニーの口から出てきたときほど重たく、リアルに響いたことはなかった。私はただサニーを見るばかりで、たぶんひそめた眉もこのころにはすっかり本物のしかめ面になっていたと思う。何しろ私にはさっぱりわからなかったのだ。なんだってまた、ダンスフロアで人が押しあいへしあいしているナイトクラブをうろついてステージの上で跳びはねたりしたいのか。なんだかそんなことは、なぜかサニーにはふさわしくないように思えたのだ。いままで考えたこともなかったし、考える必要もなかったけれど、たぶん私はジャズミュージシャンというものを、父の言う遊び人《グッドタイム・ピープル》と同列に置いていたんだと思う。

「お前、本気か？」

「ああもちろん、本気だとも」

サニーはいつにも増して無力に見えたし、苛立ち、深く傷ついているように見えた。助け舟を出そうと、私は言ってみた。「それってつまり――ルイ・アームストロングみたいなやつか？」

あたかも私に殴られたかのように、サニーの顔が閉じた。「違う。あんな昔の、田舎臭いやつのこと言ってんじゃない」

「なあサニー、悪かった、怒らないでくれよ。俺にはとにかく全然わからないんだ。誰か名前を挙げてくれよ――だからその、お前が尊敬するジャズミュージシャンのさ」

「バード」

「え、誰？」

「バード！　チャーリー・パーカーだよ！　軍隊でなんにも教わらないのかよ？」

私は煙草に火を点けた。自分が震えているのがわかって、まず驚き、それから少し愉快にもなった。「俺、遅れてるからさ」と私は言った。「済まないけど辛抱してくれよ。でさ、そのパーカーって人、誰？」

「いま生きてる最高のジャズミュージシャンの一人だよ」とサニーはむすっとした声で、両手をポケットにつっ込み私に背を向けて言った。「いや、最高の最高かな」とサニーは苦々しげにつけ足した。「たぶんだから兄貴、聞いたことないんじゃないかな」

「わかった」と私は言った。「俺は無知だよ。ごめん。いますぐそいつのレコード全部買いに行く。な？」

「べつに俺には」とサニーは威厳を込めて言った。「どっちでもいいことさ。兄貴が何を聴こうと俺には関係ない。わざわざ聴いてくれなくていい」

サニーがこんなに動揺したのはいままで見たことがない。そのことが私にもだんだんわかってきた。頭のなかの別の部分では、まあこれもたぶん若さにつきものの一時《いっとき》の熱みたいなものだろう、あんまり真面目にゴリゴリ押して大げさにしない方がいい、と思っていた。まあそれでも、訊いてみて害はあるまい。「でもそれってすごく時間がかかるんじゃないのか？　お前、食っていけるのか？」

サニーは私の方に向き直って、キッチンテーブルになかば寄りかかりなかば腰かけた。「何だって時間はかかるさ」とサニーは言った。「で、うん、ああ、食っていけるよ。でも兄貴にどうしてもわかってもらえないのは、俺がやりたいのはこれだけだってことだよ」

「あのさ、サニー」と私は穏やかに言った。「人はいつもやりたいことをやれるとは限らないんだよ、わかるだ――」

「いいや、わからない」とサニーは言って私を驚かせた。「人はみんなやりたいことをやるべきだと俺は思う。じゃなけりゃ何のために生きてる？」

「お前はもう大人じゃないか」私は必死になって言った。「そろそろ将来のことを考えないと」

「俺は将来のことを考えてる」サニーは厳めしい声で言った。「年がら年じゅう考えてるよ」

私はあきらめた。いまは本人の気が変わらなくても、あとでいつでも話しあえる。そう思うことにした。「まあまずは学校を卒業しないとな」と私は言った。私はすでにイザベルと相談し、サニーはイザベルが家族と暮らしている家に住ませてもらうしかない、と決めていた。もちろん理想的な取決めじゃないことはわかっている。イザベルの家族はけっこう尊大なところがあって、イザベルが私と結婚するのもそんなに喜ばなかったのだ。でもほかに手はなかった。

「それと、お前がイザベルの家に移る準備をしないとな」

長い沈黙があった。サニーはキッチンテーブルから窓に移った。「それってひどい思いつきだよ。兄貴だってわかるだろ」

「お前にはもっといい案、あるのか？」

サニーは少しのあいだ、ただキッチンの中を行ったり来たりしていた。背はもう私と同じくらい高い。最近髭も剃るようになった。突然私は、自分は弟のことを全然知らないのだという思いに襲われた。

サニーはキッチンテーブルの前で立ちどまり、私の煙草を手に取った。嘲るような、面白半分に挑むような目付きで私を見ながら、一本を口にくわえた。「いいかな？」

「もう喫ってるのか？」

サニーは煙草に火を点けてからうなずき、煙の向こうから私をじっと見た。「兄貴の前で喫う度胸があるか、試してみたかったのさ」。ニタッと笑って、天井に向けて大きな煙の雲を吐き出す。「簡単だったよ」。サニーは私の顔を見た。「よせやい。兄貴だって俺の歳には喫ってただろ。ほんとのこと言えよ」

私は何も言わなかったが、本当のことは顔に表われていたのだろう、サニーは笑った。けれどその笑いにはいつの間にか何かひどくひきつったものが混じっていた。「そうだろ。で、やってたのはきっとそれだけじゃないよな」

私はサニーのことが少し怖くなってきていた。「いい加減にしろ」と私は言った。「お前がイザベルの家に移ることはもう決めたんだ。お前、急にいったいどうしたんだ？」

「兄貴が決めたんだろ。俺は何も決めちゃいない」。サニーは私の前で立ちどまり、腕を緩く組んでレンジに寄りかかった。「なあ、兄貴。俺はもうハーレムにいたくないんだよ。嫌でたまらないんだ」。サニーはものすごく真剣だった。私を見て、それからキッチンの窓の方を見た。その目にはいままで見たことのない、考え深さのようなもの、どこまでも自分一人のものである不安が浮かんでいた。片腕の筋肉をサニーはさすった。「もう俺はここから出なくちゃいけないんだ」

「どこへ行きたいんだ、サニー？」

「軍隊に入りたい。陸軍に。海軍でもいい、どっちでもいいんだ。もう入れる歳だって言ったら向こうも信じるさ」

そこで私はカッとなった。私はどうしようもなく怯えていたのだ。「お前、頭おかしいのか？　何言ってるんだ、なんだって軍隊なんかに入りたいんだ？」

「いま言っただろ。ハーレムから出るためさ」

「サニー、お前まだ学校も卒業してないんだぞ。だいいち、本気でミュージシャンになりたいんだったら、軍隊にいてどうやって勉強するんだよ？」

痛いところをつかれたという顔でサニーは私を見た。ひどく辛そうだった。「手はいろいろあるさ。交渉して、何か取引きみたいなことができるかもしれない。それにとにかく、軍隊から出てきたときにGI法《ビル》（復員兵援護法）を受けられる」

「もし出てきたら、だろ」。私たちは睨みあった。「なあサニー、頼むよ。頼むから無茶苦茶言わないでくれ。そりゃあ完璧な取決めじゃないことはわかってる。でもできる限りのことをやるしかないんだよ」

「俺、学校でなんにも学んでない」とサニーは言った。「たまに行っても、何も学んでない」。私から顔をそむけて、窓を開け、狭い路地に煙草を投げ捨てた。私はその背中を見つめた。「少なくとも、兄貴が俺に学んでほしいと思ってるようなことは」。そして窓を思いきり、一瞬ガラスが飛び出すかと思うくらい激しく叩き、私の方に向き直った。「それにこのゴミバケツの臭い、もう我慢できない！」

「サニー、お前の気持ちはわかる」と私は言った。「でもいま学校を卒業しておかなかったら、あとで絶対後悔するんだよ」。私はサニーの両肩を摑んだ。「それにあと一年じゃないか。そんなにひどい話じゃない。一年したら俺も戻ってきて、お前がやりたいこと何でも手を貸す。とにかく俺が戻ってくるまで我慢してみてくれよ。やってくれるか？　俺のために？」

サニーは何とも答えず、私を見ようとしなかった。

「サニー。聞こえてるのか？」

サニーは私から離れた。「聞こえてるよ。でも兄貴は俺の言うこと全然聞いてない」

そう言われてどう答えたらいいのか。サニーは窓の外を見て、それからまた私を見た。「わかった」とサニーは言って、ふうっとため息をついた。「我慢してみる」

それから私は、少しはサニーを元気づけようと、「イザベルの家、ピアノがあるんだぜ。練習させてもらえるよ」と言ってみた。

サニーは事実、つかのま本当に元気になった。「そうだったな」と独り言のように言った。「忘れてたよ」。頰が少し緩んだ。けれど不安は、考え深さは、まだそこに浮かんでいた。炎に見入る顔の上で影がちろちろ揺れるみたいに。

ところが、そのピアノの話は永久に終わらないかと思えた。初めのうちはイザベルも手紙で、サニーが音楽のことをこんなに真剣に考えているのは素晴らしい、毎日学校から帰ってきたとたん――あるいは学校に行っているはずの時間どこにいたにせよとにかく帰ってきたとたん

――ピアノに直行して夕食の時間までずっとそこにいると書いてきた。そして夕食が済むとまたピアノに戻って、みんなが寝床に入るまでずっとそこにいる。土曜は一日じゅう、日曜も一日じゅうピアノの前にいる。そのうちにレコードプレーヤーを買ってきて、レコードをかけるようになった。一枚のレコードを何度も何度も、時には一日じゅうかけ、レコードに合わせてピアノを即興で弾く。でなければレコードのひとつの部分、ひとつのコード、ひとつの転換、ひとつの進行をかけて、次に自分でピアノでやってみる。そしてレコードに戻る。そしてピアノに戻る。

一家がどうやって我慢できたのか、私にはわからない。イザベルがあとで告白して言うには、人と暮らしているというよりまるっきり音と暮らしている感じだったという。そしてその音はイザベルにはまるっきり意味をなさず、一家のほかの誰にも意味をなさなかった。当然だろう。彼らは自分たちの家に棲みついたこの幽霊のごとき存在に取り憑かれはじめていた。サニーはある種の神、もしくは怪物のようだった。彼は一家の人たちとは全然違う空気の中を動いていた。彼らはサニーを食べさせサニーは食べ、サニーは自分で自分の体を洗い、家から出たり入ったりしている。意地が悪かったり不愉快だったり無礼だったりということはまったくない。そういう話では全然ない。けれどサニーは何かの雲、何かの炎、何か自分だけの幻にすっぽり包まれているみたいで、他人が彼に届くすべは何もなかった。

と同時にサニーはすっかり大人ではなく、まだ子供であって、いろいろと気をつけて見ていてやらないといけなかった。外へ叩き出すなんてもちろんできない。彼らはまた、ピアノのこともあまり騒ぎ立てる気になれなかった。何千マイルも離れた私が感じとったように、サニーが本当に、命をかけてピアノに向かっていることは彼らもうっすら感じとっていたのだ。

ところがサニーは、学校に行っていなかった。ある日、教育委員会から手紙が来て、イザベルの母親が受け取った。どうやらそれまでにも同じような手紙が来ていたのを、サニーがみんな破り捨てていたらしい。この日サニーが帰ってくると、イザベルの母親は手紙を突きつけ、毎日どこにいたのかと問いただした。そしてやっと聞き出したところによれば、グレニッチ・ヴィレッジに入りびたって、ミュージシャンやそのほかの連中と一緒に、白人の女の子のアパートメントにいたというのだ。これを聞いて母親はすっかり怯えてしまい、サニーに向かってギャアギャアわめきはじめ、いったんわめき出すとそこで噴出したのは——本人は今日に至るまで否定しているのだが——サニーにまっとうな家庭を与えようと自分たちはものすごい犠牲を払っているのにサニーは少しも感謝していないという非難だった。

その日サニーはピアノを弾かなかった。夜になるとイザベルの母親も冷静になったが、サニーはまだ父親とイザベルを相手にしないといけなかった。イザベルは自分としては精一杯冷静でいようと努めたが結局耐えきれず泣き出してしまったと言っている。ただただサニーの顔を見ていた、と彼女は言う。顔を見ることでサニーのなかで何が起きているかがわかったと彼女は言う。そして何が起きていたかといえば、彼らがサニーの雲を突き抜け、サニーの許に届いたということだった。彼らの指は人間の指としてはありえないくらい優しかったけれど、それでもサニーは彼らに丸裸にされて裸の体に唾を吐きかけられていると感じずにいられなかった。自分がいることが――自分にとって生死を左右する音楽が――彼らにとって拷問であったこと、これまで拷問に耐えたのは自分を想ってではまったくなくあくまで兄である私のためを想ってだったこともサニーは思い知らされた。そしてサニーにはそれが耐えられなかった。いまではあのころより少しは耐えられるようになったが、それでもまだあまりうまくはできない。まあ率直に言って、そんなことがうまくできる人間なんて私は一人も知らない。

その後数日の沈黙は、時が始まって以来奏でられたすべての音楽よりもっと大きな音だったにちがいない。ある朝、イザベルが出勤前に何かを探しにサニーの部屋に入ると、突然、レコードがすべてなくなっていることに気づいた。そして彼女はサニーがいなくなったことを確信した。そのとおりだった。海軍に入って、目一杯遠くまでサニーは行った。ようやく、ギリシャのどこかから私宛に絵葉書を送ってきて、それでやっとまだ生きていることがわかったのだ。でも私がサニーに会ったのは、二人ともニューヨークに戻った、戦争が終わってずっとあとのことだった。

もちろんそのころにはサニーももう大人だったが、私はそのことを認めたくなかった。わが家にときどき来たけれど、ほとんどそのたびに喧嘩になった。だらけたような、夢の中にいるみたいなサニーの身のこなしが私には気に入らなかった。友人たちのことも気に入らなかったし、音楽にしてもそういう生活をするための口実にすぎないように思えた。それほど奇妙に、グチャグチャに聞こえる音楽だったのだ。

やがて私たちは大喧嘩をした。相当ひどく言い争い、その後何か月も会わなかった。しばらくしてから私はサニーがどこに住んでいるかを探し、ヴィレッジのアパートにいることを突きとめて、仲直りしようと出かけていった。だが部屋にはほかにも人がたくさんいて、サニーはただベッドに寝転がっているだけで、私と一緒に下へ降りていこうともせず、そこにいるほかの連中は家族のように扱うのに私のことはまるで他人扱いだった。それで私はカッとなってサニーもカッとなって、こんな暮らしをしてるんじゃお前なんか死んだって同じだと私は言った。するとサニーは立ち上がり、俺のことはこれ以上心配しなくていい、兄貴にとって俺はもうほんとに死んでるんだからと言い返した。そうして私を部屋の出入口まで押していき、ほかの連中はべつに何事も起きていないみたいにただ見ていて、私を外へ追い出すとサニーは乱暴にドアを閉めた。私は廊下に立って茫然とドアを見た。誰かが部屋の中で笑うのが聞こえ、私の目に涙がこみ上げてきた。泣くまいとして口笛を吹きながら階段を下りていき、ひっそり口笛を吹きつづけた。いつの日か俺が必要になるぜ、ベイビー、いつかの寒い、雨の日に。

サニーの逮捕の記事を読んだのは春のことだ。幼いグレースは秋に死んだ。可愛い女の子だったのに、二年とちょっと生きただけだった。ポリオに罹って、苦しみながら死んでいった。

二日ばかり微熱が出たのだが、大したことはなさそうだったからただ寝かせておいた。これが続いたらきっと医者を呼んだだろうが、熱も下がってもう大丈夫そうだったので、ただの風邪だったんだと私もイザベルも考えた。やがてある日、グレースはもうベッドから出て遊んでいて、イザベルがキッチンにいて帰ってくる男の子二人の昼食を作っていると、リビングルームにいるグレースがどさっと倒れるのが聞こえた。子供がたくさんいると、誰かが転ぶのが聞こえても、悲鳴を上げでもしない限りすぐに駆けつけたりはしないものだ。そしてこのときもグレースは静かだった。けれども、そのどさっという音が聞こえてその後に静寂が続いたとき、イザベルのなかで何かが起こって一気に怖くなったのだと彼女は言う。そしてリビングルームへ飛んでいくと、幼いグレースが床に倒れていて、体がすっかりねじれて、悲鳴を上げないのは息ができずにいるからだった。そしてついに悲鳴を上げたとき、それは生まれて以来聞いた最悪の音だったとイザベルは言い、いまでも夢のなかで時おり聞いている。時おり彼女が低い、うめくような、首を絞められたような音を立てるので私は目を覚ます。そうなったら急いで彼女を起こし、抱き寄せてやらないといけない。すすり泣くイザベルが私に触れているその場所は、まるで致死的な傷のように感じられる。

　サニーに手紙を書いたのは、グレースが埋葬されたまさにその日だったかもしれない。リビングルームの闇のなか、私は一人で座っていて、不意にサニーのことを考えた。自分に災いが降りかかったことで、弟の災いが現実味を帯びたのだ。

＊

サニーがもうほぼ二週間私たちと暮らしていた——少なくとも私たちの家にいた——土曜日の午後、私はリビングルームをあてもなくうろつき、缶ビールを飲みながら、サニーの部屋を捜索する勇気をふるい起こそうとしていた。本人は出かけていた。私が家にいるときはたいてい出かけていたのだ。イザベルは子供たちを連れて祖父母のところへ行っている。ふっと気がつくと、私はリビングルームの窓の前に立ちつくし、七番街を眺めていた。サニーの部屋を捜索するなどと考えたせいで、動くこともできなくなっていた。何を目当てに捜索するのか、胸の内で認める勇気も出なかった。それが見つかったら、自分が何をするかもわからない。あるいは見つからなかったら。

　向かいの歩道の、バーベキュー店の入口のそばで、古風な伝道集会《リバイバル・ミーティング》が開かれていた。バーベキュー店のコックが店の戸口に立って見物していた。汚れた白いエプロンを着け、縮れをのばした髪が弱々しい陽を浴びて赤っぽく金属的に見え、煙草をくわえている。子供も大人もどこかへ行く途中で立ちどまり、もっと年配の男たちや、いかにもタフに見える女も二人ばかりいた。こういう女たちはあたかも通りを所有しているかのように、あるいは通りに所有されているかのように、路上で起きていることを何から何まで見張っている。そしてこのときも女たちは見ていた。集会を行なっているのは黒い服を着たシスター三人と、ブラザー一人だった。彼らにあるのは自分の声、聖書、タンバリンひとつ、それだけだった。神に救われた体験をブラザーが語り、その間シスターのうち二人が一緒に立ってアーメンと唱えているらしく、もう一人のシスターがタンバリンを突き出して歩いて回り、二人ばかりが中にコインを入れた。やがてブラザーの語りが終わって、献金を集めていたシスターがコインを手に落として長い黒のローブのポケットに移した。それから彼女は両手を上げ、タンバリンを振って鳴らし、それから手で叩いて、歌い出した。ほかの二人のシスターとブラザーも加わった。

ふと私は、見ていてひどく不思議な気持ちになった。こんな街頭の集会なんて一生ずっと見てきたのだし、もちろんそれはあそこにいる全員も同じだ。なのに彼らは立ちどまり、見守り、耳を澄まし、私も窓辺に立ちつくしている。シオンの古《いにしえ》の船なり、と彼らは歌い、タンバリンを持ったシスターがじゃらじゃらと着実にビートを刻む。数多《あまた》の者を救えり！　いま彼らの声に包まれている者たちの誰一人、この歌を初めて聞く者なんかいないし、救われた者も一人としていない。救いの作業が周りで行なわれているのを見た覚えもあまりない。それにみんな、三人のシスターと一人のブラザーのことを格別神聖だとも思っていない。そんなことを信じるには四人のことを知りすぎていて、彼らがどこで、どうやって暮らしているかも知っているからだ。タンバリンを持った、その場の空気を支配する声を上げている、顔を歓喜で輝かせている女を、ひび割れた厚ぼったい唇に煙草をくわえて見守っている女から隔てるものはほとんど何もない。煙草の女の髪はまるっきりカッコーの巣で、顔はさんざん殴られて傷や腫れだらけで、黒い目は石炭のようにギラギラ光っている。たぶん、自分たちがたがいに変わらないと知っているから、たまに言葉を交わすときも、シスターと呼びあうのだ。歌声があたりの空気を満たしていくにつれ、見守り、耳を澄ます者たちの顔も変わっていき、目は自分の内にある何かに注がれ、音楽が彼らのなかにある毒を洗い流してくれるように思え、むすっとしていて喧嘩腰で打ちのめされた顔から時がほとんど抜け落ちていくのが感じられた——あたかも最後の状況を夢見ながら、最初の状況へ舞い戻っていくかのように。バーベキュー店のコックが軽く首を振って笑みを浮かべ、煙草を捨てて店内に消えていった。一人の男がポケットに手を入れて小銭を探り、じれったそうに小銭を手に持って立ち、この道を行った先で緊急の約束があることをたったいま思い出したような顔になった。男は怒り狂っているように見えた。と、サニーが群衆の端に立っているのを私は見た。幅が広く平たい、緑色の表紙のノートを抱えていて、そのせいで私が立っているところからはほとんど学校の生徒のように見えた。銅色の太陽が肌の銅色を際立たせ、サニーはごくかすかに微笑んでじっと立っている。やがて歌が止み、タンバリンがふたたび献金皿になった。怒り狂った男がコインを入れて立ち去り、女たち二人も同じように献金して去り、サニーも小銭を何枚か入れて、軽く微笑んで相手の女をまっすぐ見据えた。そして通りを渡って家の方に向かいはじめた。ゆっくりとした、弾むような、ハーレムのヒップスターたちを思わせる歩き方だったが、ただしそこにはサニー独自のハーフビートが加わっていた。いままで私が気づいたこともない歩き方だ。

私は窓辺にとどまり、安堵と懸念の両方を感じていた。サニーが視界から消えるとともに、人々はふたたび歌い出した。サニーが玄関で鍵を回したときも彼らはまだ歌っていた。

「ヘイ」とサニーは言った。

「ヘイ。ビール要るか？」

「いいや。いや、やっぱりもらおうかな」。けれどサニーは窓の方にやって来て私と並んで立ち、外を見た。「あったかい声だなあ」とサニーは言った。

母さんが祈る声をもう一度聞けたら！　と歌っている。

「ああ」と私は言った。「あのタンバリンも大したもんだ」

「だけどひどい歌だよなあ」とサニーは言って笑った。そしてノートをソファに投げ出し、キッチンに消えた。「イザベルと子供たちは？」

「祖父ちゃん祖母ちゃんのとこに行ったんだと思う。お前、腹減ってるか？」

「いいや」。サニーは缶ビールを持ってリビングルームに戻ってきた。「今夜さ、ちょっと一緒に来ないか？」

どうしてだかわからないが、これは絶対断ってはいけない話だと私は感じた。「行くよ。どこだ？」

サニーはソファに腰を下ろし、ノートを手に取り、パラパラめくりはじめた。「ヴィレッジの店で、仲間とやるんだ」

「え、今夜演奏するってことか？」

「そうだよ」。ビールをぐいっと飲んで、窓辺に戻ってきた。私のことを横目で見る。「兄貴が我慢できるなら」

「やってみるよ」と私は言った。

サニーはひっそり微笑み、道の向こうの集会が解散するのを私たちは見守った。シスター三人とブラザーは頭《こうべ》を垂れて、また会う日まで神があなたと共におられますようにと歌っていた。彼らの周りの人々の顔はひどく静かだった。やがて歌が終わった。小さな群衆は散っていった。三人の女と一人だけの男が通りをゆっくり歩いていくのを私たちは見守った。

「さっきあの女が歌ってたときさ」とサニーが出し抜けに言った。「あの声聞いて一瞬、ヘロインってときどきあんな感じだったよなって思い出したんだ。ヘロインが、血管のなかに入っているときのさ。暖かくて、同時に涼しいみたいな感じがするんだよ。で、遠い感じ。そして……大丈夫だっていう感じ」。ビールを一口飲みながら、サニーははっきり意識して私の方を見ないようにしていた。私はサニーの顔を見守った。「何て言うか……ちゃんとコントロールできてる気になれるんだよ。そういう気持ち、持たずにいられないときがあるんだ」

「そうなのか？」。私は安楽椅子にゆっくり腰かけた。

「時には」。サニーはソファに行ってまたノートを手に取った。「そういう人間もいる」

「演奏するためにか？」と私は訊いた。私の声は軽蔑と怒りに満ち、ひどく醜かった。

「そうだなあ」――サニーは大きな、思い悩んでいる目で私を見ていて、あたかも口では言えないことを目が伝えてくれたらと願っているみたいに見えた――「みんなそう思ってるんだよ。で、もしそう思ったら……！」

「で、お前はどう思うんだ？」と私は訊いた。

サニーはソファに座って、缶ビールを床に置いた。「わからない」とサニーは言ったが、私の問いに答えたのか自分の思いをたどっているのかははっきりしなかった。顔からは何も読みとれない。「演奏するためっていうのとはちょっと違う。耐えるため、とにかく何とかやっていくためなんだよ。あらゆる面で」。そして眉間に皺を寄せ、ニッコリ笑った。「どうにかバラバラにならないために」

「でもそのお前の仲間たちは」と私は言った。「みんなあっという間に、自分から進んでバラバラになっちまうみたいじゃないか」

「かもしれない」。サニーはノートをもてあそんだ。そして何かが私に告げた。お前は言葉を抑えなくちゃいけない、サニーは話そうと一生懸命なんだから聞かなくちゃいけない、と。

「でももちろんみんなが知ってるのはバラバラになっちまった奴らだけだ。けどそうならない奴もいるんだよ――とにかくまだなってない奴も。で、そう言えるだけでもみんな万々歳なんだよ」。一息ついた。「それと、もうまるっきり地獄で生きてる奴らもいて、自分でもわかってて、何が起きてるのか見えても、そのまま進んでいくんだ。どうなんだろうな」。ため息をついて、ノートを放り出し、腕を組んだ。「演奏を聞くだけでさ、こいつ年じゅう何かやってるんだなってわかる奴もいる。で、見ていてわかるんだ、そのおかげでそいつにとって何かリアルなものが出来てるんだって。でももちろん」床からビールを手に取って一口飲み、また缶を下ろした。「そいつらはそれを求めてるんだ、それはわかってやらなくちゃいけない。そうじゃないって言ってる奴らのなかにも……みんなじゃないけど、何人かは」

「それでお前はどうなんだ？」と私は訊いた。訊かずにいられなかった。「お前はどうなんだ？　お前も求めてるのか？」

　サニーは立ち上がって窓辺に行き、長いこと黙っていた。やがてため息をついた。「俺はね」と言った。それから――「さっき一階にいて、ここへ上がってくる途中、あの女が歌うのを聞いて、ふと思ったんだよ、あんなふうに歌うにはどれだけの苦しみをくぐり抜けなくちゃいけなかったかって。ひどい話だよ、そんなに苦しまなくちゃいけないなんて」

　私は言った。「でも苦しまないやり方なんてないだろ――そうじゃないか、サニー？」

「そうなんだろうな」そう言ってサニーは微笑んだ。「でもだからといって、頑張るのをやめる奴はいない」。サニーは私を見た。「そうだろ？」。この嘲りの表情を見て、私は悟った。私たちのあいだには、時の力、許しの力を超え、永久にひとつの事実が立ちはだかっている。サニーが人間の言葉の助けを必要としたときに、私が沈黙を――ものすごく長いあいだ！――続けてしまったという事実が。サニーは窓の方に向き直った。「そうとも、苦しまないやり方なんかない。でもみんないろんなやり方で、苦しみのなかで溺れないよう、苦しみの上に立つよう頑張ってるんだよ、そうやって何とか見かけは……たとえば兄貴みたいにさ。たしかに何かをやって、いまそのせいで苦しんでる。わかるだろ？」。私は何も言わなかった。「わかるよな」とサニーはじれったそうに言った。「そもそも人はなぜ苦しむ？　何かをやって、理由を与えた方がいいんじゃないかな——どんな理由でもいいから」

「でもいま俺たち」と私は言った。「苦しまないやり方はないってことで合意したんじゃないのか。だったらあっさり……受け入れる方がよくないか？」

「ただ受け入れる人間なんていない」とサニーは叫んだ。「俺は兄貴にそういうことを言おうとしてるんだよ！　誰もが受け入れまいと必死なんだ。兄貴は単に、一部の人間がやってるひとつのやり方ばかり気にしてるんだ——自分のやり方と違うから！」

私の顔の毛がチクチク疼いてきた。顔が濡れている感じがした。「そんなことないさ」と私は言った。「そんなことない。他人が何をやろうとどうでもいいさ、どう苦しむかだって知ったこっちゃない。お前がどう苦しむかだけが気になるんだ」。するとサニーは私を見た。「信じてくれよ」と私は言った。「俺はお前が苦しむまいとして……死ぬのを見たくないんだ」

「俺は苦しむまいとして死んだりしない」とサニーはきっぱり言った。「少なくとも、ほかの人間より早く死にはしない」

「だってそんな必要ないだろ」と私は笑おうとしながら言った。「わざわざ死ぬ必要なんてさ」もっと言いたかったが、言えなかった。意志の力のこととか、うまくすれば人生が……人生が美しいものになりうるということとかを話したかった。みんな自分の中のことなんだと言いたかった。でもほんとにそうか？　というかむしろ、まさにそれが問題なんじゃないのか？　そして私は、もう二度と裏切らないとサニーに約束したかった。でもそう言ってもみんな、空っぽの言葉に、嘘に聞こえただろう。

それで約束は心のなかで自分相手にして、守れますようにと祈った。

「ときどき、ひどいことになるんだ、自分の中が」とサニーが言った。「それが問題なんだ。街を歩いていて、黒くて汚くて寒い街を歩いていて、誰一人話せる相手がいなくて、何も起きてなくて、そいつを追い出すすべはない――その自分のなかの嵐を。そいつのことを話せもしないし、そいつと愛しあえもしないし、もう仕方ないから一緒になってそいつを演《や》るしかなくなると、誰も聞いてないと思い知る。だから自分が聞くしかない。聞き方を見つけるしかないんだ」

そう言ってサニーは窓辺から離れ、またソファに座った。突然息がすっかり切れてしまったみたいだった。「時には演るためなら何だってする、母親の喉を掻き切ることだって」。サニーは声を上げて笑い、私を見た。「じゃなきゃ兄弟の」。そうして真顔になった。「じゃなきゃ自分の」。それから――「心配ないよ。俺はもう大丈夫だし、これからも大丈夫だと思う。だけど忘れることはできない、いままでどこにいたかを。物理的にどこにいたかってだけじゃなくて、ほんとにどこにいたか。そして自分がどんなだったか」

「どんなだったんだ、サニー？」と私は訊いた。

サニーはニッコリ笑った。けれど横向きにソファに座ったまま、片方の肱を椅子の背に載せて、指で口とあごをもてあそび、私の方を見なかった。「俺は自分でも何なのかわからない何かだったんだよ、自分がこんなものになるなんて——誰であれこんなものになれるなんて——知りもしなかった何かだったんだ」。そこで言葉を切って、胸の内に目を向け、どうしようもないくらい若く見え、年老いて見えた。「いまこうやってそのことを話してるのは、べつにうしろめたいからとかそういうことじゃない。いっそうしろめたい方がいいのかもしれないけど、どうなんだろうな。とにかく、どうしても話せないんだよ。兄貴にも、ほかの誰にも」。そして向き直ってまっすぐ私を見た。「ときどきさ、実際にはもうほとんど世界の外に出ちまってるのに、中にいるんだ、世界と共にいるんだって感じがしたんだよ、そうすると演れるんだ、ていうかわざわざ演るまでもない、ひとりでに自分のなかから出てくるんだ、もうそこにあるんだ。いま考えてもどうやったのかわからないけど、そういうとき、自分がいろいろひどい真似をしたことはわかってる、他人にひどいことをしたんだ。ていうか、何かをしたってことでもなくて……他人が現実じゃなくなったんだ」。サニーはビールの缶を取り上げた。空っぽだった。サニーはそれを両の手のひらで転がした。「で、別のときは、とにかくクスリが必要に、寄りかかる場所が必要になって、聞くための場所を空ける必要があるのに……それが見つからないんだ、それで俺は……狂ったんだよ、自分にひどいことをやって、自分にとってひどい人間になって」。ビールの缶をサニーは両側からぐいぐい押していって、缶が壊れはじめるのを私は見守った。もてあそぶ缶がナイフみたいに光って、手を切るんじゃないかと心配だったが何も言わなかった。「とにかくさ。どうしてもうまく言えないんだよ。何かの底に一人きりでいて、プンプン臭って、汗かいて、泣いて、震えて、自分でも臭いがわかったんだよ、自分の臭《くさ》さが、で、そこから逃げないと死んじまうって思うんだけど、と同時にわかるんだ、何をやってもすべて、自分をますます中に閉じ込めるばかりだって。で、よくわからなかったけど」まだビール缶を潰しながら間《ま》を置いた。「よくわからなかったし、いまでもわからない、けど何かが俺に言ってたんだ、そうやって自分の臭さが嗅げるのはいいことなんだって、でも自分がずっとそんなことやろうとしてたとは思えなかったし……それに……そんなの誰が耐えられる？」そしてサニーはすっかり壊れた缶を不意に放り出し、ささやかな、静かな笑みを浮かべて私を見、それから立ち上がって窓辺に、まるで窓が天然磁石であるかのように歩いていった。私はサニーの顔を見ていて、サニーは外の街路を見ていた。「ママが死んだとき兄貴に言えなかったけど、ハーレムからあんなに出たかったのはドラッグから離れたかったからなんだ。で、逃げたときもドラッグから逃げてたんだ、要するに。帰ってきたら、何も変わってなくて、俺も変わってなくて、ただ単に俺が……歳を取っただけだった」。そしてサニーは黙り、指で窓ガラスをとんとん叩いた。太陽はもう消えていて、じきに闇が降りるだろう。私はサニーの顔を見つめた。「またそうなるかもしれない」とサニーはほとんど独り言のように言った。

それから私の方を向いた。「またそうなるかもしれない」ともう一度言った。「そのことは知っておいてほしい」

「わかった」と私はやっとのことで言った。「またそうなるかもしれないんだな。わかった」

サニーは笑みを浮かべたが、悲しい笑みだった。「話さずにいられなかったんだ」とサニーは言った。

「ああ、わかるよ」と私は言った。

「あんたは俺の兄貴なんだから」とサニーは言って、まっすぐ私を見て、全然笑っていなかった。

「わかるよ」と私はもう一度言った。「うん。わかる」

サニーは窓の方に向き直り、外を見た。「あそこにある、すべての憎しみ」とサニーは言った。「すべての憎しみと、苦しみと、愛。街が爆発しちまわないのが不思議だよな」

ダウンタウンの、短い暗い通りに一軒だけあるナイトクラブまで私たちは歩いていった。狭い、ガヤガヤ騒々しい、ぎっしり満員のバーを通って、ステージがある大きな部屋の入口まで行く。この部屋は照明もひどく暗くて何も見えないので二人でしばしそこに立っていた。と、「よう、来たな」と声がして、サニーよりも私よりもずっと年上の巨体の黒人がほの暗い光のなかから飛び出してきて、サニーの肩に手を回した。「ここに座って、お前のこと待ってたんだよ」と男は言った。

声も大きいので、闇のなかでいくつもの頭が私たちの方を向いた。

サニーはニヤッと笑って少し体を離し、「クリオール、これは俺の兄貴。前にも話したよな」と言った。

クリオールは私と握手し、「やあ、会えて嬉しいよ」と言った。私がここに来たのを、サニーのために喜んでいることは明らかだった。そうしてニッコリ笑って、「あんたの家族、本物のミュージシャンがいるよ」と言ってサニーの肩から腕を外し、手の甲でサニーの体を軽く、親しげに叩いた。

「さあ。これで全部聞いた」とうしろで声がした。この人物もミュージシャンでサニーの仲間で、真っ黒い肌の陽気そうな男で、地面に近い体付きだ。すぐさまありったけの大声で、サニーに関する最高にひどい話を私に打ちあけはじめ、歯は灯台みたいに光り、出てくる笑い声は地震の始まりみたいだった。結局、バーにいる全員が——ほぼ全員が——サニーを知っていることがわかった。この店や近くの店で働いているミュージシャン、働いていなくてただ単にたむろしている連中、サニーの演奏を聴きに来た人たち。私はみんなに紹介され、誰もがとても礼儀正しかったけれど、彼らにとって私はあくまで「サニーのきょうだい」だということは明らかだった。私はいまここで、サニーの世界にいる。いや、サニーの王国に。ここではサニーの体に王の血が流れていることに何の疑いもないのだ。

演奏はじき始まろうとしていて、クリオールは私を、暗い隅のテーブルに一人で座らせてくれた。私はそこから彼らを観察した。クリオール、小柄な黒い男、サニー、その他の連中がステージのすぐ下に立ってふざけていた。ステージの光が彼らのすぐ手前までこぼれ、彼らが笑ったりジェスチャーしたり動き回ったりするのを眺めていると、ただふざけているようでいて、実はその光の輪のなかへあまりに急に入り込まないようすごく気をつけているように思えてきた。あまりに急に、考えなしに光のなかに入ってしまったら、炎に包まれ燃えてしまうのだ。やがて、なおも眺めていると、彼らのうちの一人、小柄な黒い男が光のなかに入ってステージを横切り、白分のドラムセットをいじくりはじめた。それから、ふざけ半分、でもこの上なく改まったしぐさでクリオールがサニーの腕を取り、ピアノの方へ導いていった。女性の声がサニーの名を呼び、拍手がパラパラ起こった。そしてサニーも、やっぱりふざけ半分、でも改まった様子で、泣きそうなくらい心を動かされていたと思うが、その気持ちを隠そうとも見せようともせず、雄々しく乗りきろうとニヤッと笑い、両手を胸に当てて腰から深々とお辞儀をした。

クリオールは次にダブルベースのところへ行き、痩せた、ひどく明るい茶色の肌をした男がステージに飛び乗り、ホーンを手にとった。こうしてメンバーが揃うと、ステージも部屋も雰囲気が変わってきて、空気が引き締まってきた。誰かがマイクの前に出ていって彼らを紹介した。ザワザワとそこらじゅうからざわめきが聞こえた。カウンターにいる何人かがシーッと言ってほかの連中を黙らせた。ウェイトレスが走り回って必死に最後の注文をとり、カップルがいっそう寄り添い、ステージの光、カルテットに当たった光がインディゴブルーに変わった。すると、四人ともなんだか違って見えた。クリオールがこれを最後と、ひながみんな柵のなかにいるのを確かめるみたいにもう一度あたりを見回し、それから――一気にベースに襲いかかった。演奏が始まった。

音楽というものについて私が知っているのは、本気で音楽を聴く人はそんなにいないということだけだ。ごくまれに、自分のなかの何かが開いて音楽が入ってくるときでも、聞いているのは、あるいは聞いて確認できるのは、ごく個人的な、自分一人の、浮かんでは消える思いだ。でも音楽を創る人間には別の何かが聞こえていて、その人間が向きあっているのは、虚空から立ち上がってきて、空気とぶつかってその虚空に秩序を与える轟きだ。だとすれば、その人間のなかに浮かんでいるのは、別の次元の、言葉になっていないがゆえにもっと恐ろしい何ものかであり、やはり言葉になっていないがゆえにいっそう華々しい勝利である。そしてその人間の勝利は、事実勝利であるなら、我々の勝利である。私はひたすらサニーの顔を眺めた。顔には苦しみの色が浮かび、懸命に演奏していてもまだその勝利に乗りきれていなかった。そして私は、ある意味でステージにいるみんなが彼のことを待っているのだと感じた。彼のことを待ち、と同時に、うしろから押してやってもいる。けれど、今度はクリオールを眺めてみると、クリオールこそがみんなを引きとめているのだとわかった。短い手綱で、仲間を引きとめている。ステージの上、全身でビートを刻み、ダブルベースでむせび泣くような音を上げ、目はなかば閉じ、すべてを聴いているが、なかでもサニーを聴いている。サニーと対話しているのだ。サニーが岸辺を離れて深い沖へ泳ぎ出すことをクリオールは求めている。深い水と、溺れさせる水とは同じではない。そのことをクリオールはサニーに伝えている。そこへ行ったことがあるから、クリオールは知っている。そのことをサニーにも知らせているのだ。水に入ったとクリオールにもわかるようなことを、サニーが鍵盤でやりはじめるのをクリオールは待っている。

そうやってクリオールが聴くなか、サニーは動き回った。自らの奥深くで、苦悩にのたうつ人間とまったく同じように動いた。私はそれまで考えたこともなかったが、ミュージシャンと楽器のあいだに、どれほど恐ろしい関係があることだろう。ミュージシャンはそれを、楽器を、生命の息吹で、己の息で満たさねばならない。自分が楽器にやらせたいことを、きっちりやらせないといけない。そしてピアノはしょせんピアノでしかない。一定量の木と、針金と、小さなハンマーと大きなハンマーと、象牙でできている物である。それを使ってできることには限りがあるが、そのことを知るには、やってみるしかない。それにすべてをやらせようと、やってみるしかない。

しかもサニーは、もう一年以上ピアノから離れていた。人生との間柄だって、目の前に抱えている人生について言えば、大して変わりはしない。サニーとピアノは口ごもり、ひとつのやり方で始めて、怖気づいて、止まり、別のやり方で始めて、パニックに陥り、リズムを刻み、もう一度始め、やがて方向を見つけたように思えたがまたパニックに陥り、つっかえてしまった。そのときのサニーの顔は、いままで見たこともない顔だった。そこからはすべてが焼けてなくなっていた。と同時に、ふだんは隠れている物たちがいま焼けて刻み込まれていた――ステージの上、サニーのなかで起きている戦いの炎と憤怒によって。

だが、第一セットの終わり近くになってクリオールの顔を眺めていると、何かが起きた気が、私には聞こえなかった何かが起きた気がした。やがて演奏は終わり、パラパラと拍手が起きて、それから、何の前触れもなしに、クリオールが違う曲をやり出した。それはほとんど辛辣な響きの「アム・アイ・ブルー」だった。そして、あたかも自分が指揮を執るかのように、サニーが弾きはじめた。何かが起こりはじめた。そしてクリオールが手綱をゆるめた。そっけない、背の低い、黒い男がドラムスを使って何か恐ろしいことを言い、クリオールが応え、ドラムスが言い返した。それからホーンが割って入り、甘く甲高い音を、おそらくはわずかに距離を置いたところから奏で、クリオールは聴き、時おりコメントを加えた――乾いた、力強い、美しい、落着いた、老いた言葉を。やがてみんながふたたび一緒に集まり、サニーはふたたび家族の一員となった。彼の顔を見ればわかった。十本の指のすぐ下に、サニーは真新しいピアノを見つけたみたいに見えた。その驚きがいつまでも醒めないように見えた。それからしばらくのあいだ、みんなサニーと一緒にいるだけで嬉しくて、そうだよな、真新しいピアノってのはいいもんだよなと同意しているみたいだった。

やがてクリオールが歩み出て、いま俺たちが演《や》ってたのはブルースなんだぜ、とみんなに念を押した。クリオールは彼らみんなのなかにある何かを打った。私の、私自身のなかにある何かをクリオールは打った。そして音楽は引き締まり、深まり、不安な思いが空気を叩きはじめた。ブルースとはどういうものなのか、クリオールは私たちに向かって語りはじめた。ブルースはべつにそんなに新しいことを言ってはいない。でもいまステージの上で、クリオールと仲間たちは、それを新しくしている。破滅し、崩壊し、狂い、死ぬ危険を賭して新しいやり方を探し、私たちに聴かせようとしている。そう、私たちの苦しみの物語、私たちの喜びの物語、時に起きるかもしれない勝利の物語は、決して新しくはないが、つねに聞かれなくてはならない。ほかに語るべき物語はない。こうして広がる闇のなか、これだけが唯一私たちにある光なのだ。

そしてこの物語は、そのクリオールの顔、体、弦に触れるたくましい手が語るところによれば、国が変わればまた別の面があり、世代が変われば新しい深さが生まれる。聴けよ、とクリオールは言っているようだった。聴けよ。これがサニーのブルースなんだよ、と。そのことをドラムスの小柄な黒い男にクリオールは伝え、ホーンの明るい茶色の男に伝えた。もはやサニーを水のなかに入れようと算段してはいない。祝福とともにサニーを送り出している。それから、ひどくゆっくりうしろに下がって、とてつもなく大きな提案で空気を満たした──サニー、いまからお前が語るんだよ。

そうしてみんながサニーの周りに集まって、サニーが演奏した。時おり彼らの誰かが「アーメン」と言っているように思えた。サニーの指が空気を命で、自分の命で満たした。でもその命のなかには、ほかのものすごく多くの命が入っていた。そしてサニーは始まりの始まりに戻っていった。曲の出だしのフレーズを、ごく簡単に、あっさり述べるところから始めたのだ。それから、だんだんとそれを自分のものにしていった。急いでもいなかったし、もはや嘆きでもなかったから、それはとても美しかった。私には聞こえる気がした、自分をどれだけ燃やしてサニーがそれをわがものにしたかを。私たちもまた、自分をどれだけ燃やしてそれをわがものにしなくてはならないかを。そうして初めて、嘆くことをやめられる。私たちの周りに自由がひそんでいる。そうして私は理解した。私たちが聴ければ、私たちが自由になるのをサニーは助けてくれる。そして私たちがそうするまでは、サニー自身も自由になれない。とはいえ、その顔にもはや戦いはなかった。彼がくぐり抜けてきたこと、土のなかで休むまでこれからもくぐり抜けるはずのことが私には聞こえた。彼はそれを自分のものにしたのだ――あの一本の線、私たちは母と父の部分しか知らない長い線を。そして彼はいまそれを返そうとしている、すべてのものは返されねばならないのだから、そうやって死を通り抜けることによってそれは永遠に生きることができる。母の顔がもう一度私には見え、そして、母が歩いた道の石がどれだけ母の足を痛めつけたかが初めて感じられた。父の弟が死んだ、月夜の道が私には見えた。そしてさらにまた別のものがよみがえってきて、私はその向こうまで運ばれて、幼い娘が見え、イザベルの涙が感じられ、自分の涙がこみ上げてくるのが感じられた。それでも私は意識していた、これが一瞬にすぎないことを、外では世界が待っていて虎のように腹を空かせていることを、私たちの頭上に苦しみが広がっていること、空よりも長く広がっていることを。

やがて演奏が終わった。クリオールとサニーが息を吐き出し、二人とも汗びっしょりで、ニヤニヤ笑っていた。やんやの喝采が生じ、その一部は本物の賞讃だった。闇のなかでウェイトレスがやって来て、私は彼女に、ステージに飲み物を届けてくれるよう頼んだ。長い間《ま》があって、彼らはステージの上、インディゴの光を浴びて喋っていたが、少し経って、ウェイトレスがピアノの上に、サニーのためのスコッチアンドミルクを置くのが見えた。サニーは気づいていないかと見えたが、演奏を再開する直前、それを一口飲み、私の方を見て、うなずいた。そうして彼はグラスをピアノの上に戻した。私にとってそれは、演奏がふたたび始まるなか、神に祝福された震える杯《さかずき》のごとくにわが弟の頭の上でほのかに光り、揺れていた。

愛の手紙

The Love Letter

（1959）

ジャック・フィニイ

Jack Finney

古い机の秘密の引出し。誰だって聞いたことはあるだろうし、僕だってある。けれども、その机を買った日、秘密の引出しのことなんて考えてもいなかったし、何か予感がしたとか、神秘の感覚が訪れたというようなことも全然なかった。アパートのそばの古道具屋のウィンドウで見て、もっとよく見ようと店に入り、店のあるじから、どこで手に入れたかを知らされた。ブルックリンに残る、いまや数少ないヴィクトリア朝中期築の大きな屋敷にあったのだという。ここから数ブロック離れたブロック・プレイスに建つこの屋敷を取り壊すというので、その他の家具、皿、ガラス器、照明器具などと一緒にこの机をあるじは買った。僕はべつに想像力を刺激されはしなかった。ずっと昔に誰が使ったのか、特に考えなかったし興味もなかった。単に安くて小さかったので、買ってアパートまで運んでいった。脚のないその小さな壁机を、僕は太いネジで間柱に直接ねじ込み、リビングルームの壁に固定した。

僕は二十四歳で、背は高く痩せていて、節約のためにブルックリンに住み、マンハッタンで働いて生計を立てている。二十四で独身の男はたいてい、じきに結婚するんだと考えるものであり、結婚したらけっこう金がかかるぜと人から言われるので、それなりに頑張ろうという気は僕なりにあって、会社から仕事を持ち帰ることも多い。二週に一度くらいはフロリダにいる家族にも手紙を書く。それで机が必要だったのだ。電話ボックス並に狭いキッチネットにはテーブルもなく、いままでは膝も下に入らないガタガタのサイドテーブルで仕事もやっていたのだ。

土曜の午後に机を買って、一時間かそこらかけて壁に固定し、終わったら六時を過ぎていた。その夜はデートだったので、出来映えをほれぼれと眺める時間はわずかしかなかった。重たい木で出来ていて、小学校の机みたいに天板《てんばん》が斜めになっていて、下に物を入れるスペースがあるところも学校机と同じ。ただし背板は天板より六十センチは高くまであって、昔のロールトップ・デスクみたいに小さな仕切りがたくさんある。いくつも並んだ仕切りの下に、真鍮のつまみが付いた小さな引出しが三つ並んでいる。どこもずいぶん凝った装飾で、引出しの四隅には彫刻が入っているし、洒落た渦巻模様が背板にのびて両横にも広がり、壁に固定するための補強にもなっている。僕は椅子を引き寄せ、机の前に座って高さを試し、それからシャワーを浴びて髭を剃り、着替えて、デートの相手を迎えにマンハッタンへ出かけた。

起きたことについて、僕は正直であろうとしている。そしてその夜午前二時か二時半に帰ってきたときの自分の気分も、「起きたこと」の一部だと確信する。かりにもし違う気分だったら、ああして起きたことも起きなかったにちがいないと思う。その晩は十分楽しかった。二人で行った映画は悪くなかったし、それからディナーを共にし、一杯やってから少しダンスもした。デートの相手のロバータ・ヘイグは素敵な女の子で、賢くて感じが好くてルックスもいい。でも、地下鉄を降りて、静かで人けのとだえたブルックリンの街路を歩いて帰りながら、ふと僕は、たぶんロバータとはまた会うだろうけど実のところ会っても会わなくてもどっちでもいいと思った。そうして、最近はよくそう考えるのだけれど、僕はどこかおかしいんだろうか、何がなんでも一緒にいたいと思う女の子にいつの日か出会うことはあるんだろうかと考えた。そういう気持ちにならないことには、結婚なんかできないと僕には思えるのだ。

そんなわけで、アパートに戻ったとき、しばらくは眠る気になれないだろうと自分でもわかった。僕は落着かず、訳もなく何となく苛ついていて、コートを脱いでネクタイを剝ぎ取りながら、酒かコーヒーを飲もうかと考えた。それから、すでに半分忘れていた、午後に買った机が目に入ったので、行って前に座り、初めて細かいところまでじっくり見てみた。

天板を持ち上げ、下の空っぽのスペースを見下ろす。天板を下げ、仕切りのひとつに手を入れてまた出すと、手にもシャツの袖口にも古い埃が付いていた。仕切りはたっぷり三十センチくらい奥行きがある。真鍮のつまみが付いた小さな引出しのひとつを開けてみると、隅っこに紙切れが一枚あるだけだった。引出しを完全に引き抜き、いろんな方向にひっくり返して、造りをじっくり見てみた。堅固に作られていて、ほぞ穴も美しい出来だった。それから、引出しを抜いた四角い空間に手を入れてみると、手の真ん中あたりまで入ったところで指先が後ろに触れた。中には何もなかった。

僕はしばらくただそこに座って、家族に手紙を書いてもいいな、とぼんやり考えていた。と、突然僕は気がついた。手に持っている小さな引出しの奥行きは十五センチくらいしかないのに、引出しのすぐ上の仕切りは優に三十センチ奥があるのだ。

引出しを抜いた空間にふたたび手をつっ込み、指先で探ってみると、溝を彫った小さな窪みが見つかって、隠れた秘密の引出しを僕はひとつ目の引出しの後ろから引っぱり出した。その中に紙束が入っているのを見て、しばし胸がときめいた。それから、それが何なのかわかってひどくがっかりした。折り畳まれた便箋が何枚かあって、無地の白い紙は時を経て縁が黄ばみ、どの紙にも何も書かれていなかった。それに合った、やはり何も書いていない封筒が三、四枚あって、それらの下に小さな丸いガラスのインク壜がある。壜はずっとひっくり返っていたので、壜の口のコルクはいまだ湿気を保ち、きつく栓がしてあったので、インクの三分の一はいまだ蒸発せずに残っていた。壜のかたわらに、飾りのない黒い木のペンホルダーがあって、ペン先は古いインクで赤っぽい黒に染まっていた。引出しにあるのはそれで全部だった。

ところが、便箋や封筒を引出しの中に戻すとき、何も書いていない封筒のひとつがわずかに余分に重い気がして、見れば封もしてあったので、中の手紙を見ようと破って開けた。年月を経て、折り皺もはっきり付いていて、畳んだ紙は滑らかには開かなかったし、日付を見るまでもなくそれが古い手紙であることはわかった。筆蹟は明らかに女性のもので、美しく明瞭で――たしかスペンサー流、と言うんじゃないだろうか――文字は一字一字完璧で、華麗に凝っていて、特に大文字は優美な渦巻きが連なっていた。インクは錆っぽい黒で、上の方に記された日付は一八八二年五月十四日、読んでみるとラブレターだとわかった。書き出しはこうだった――

誰より愛しい人！　パパ、ママ、ウィリー、クック、皆とつくに床に就いて眠つてゐます。もう夜も更けて家は静まり返り、私独り目覚めてゐて、やつと貴方に思ひのままを語る事が出来ます。さうです、私は進んで云ひます！　愛する人、貴方の大胆な眼差しに私は焦がれます、貴方の視線の優しい温かさを欲します。貴方の熱烈さを歓迎し、尊びます。それらは皆、私への敬意の証しに他ならないのですから。

僕は軽く微笑んだ。かつて人々がこんな手の込んだ言い回しで思いを表現したなんて信じがたいけれど、実際そういう時代があったのだ。手紙はさらに続き、どうしてこれが投函されなかったのか不思議に思えた。

どうか貴方、変らずに居て下さい。今迄通り、私の言葉が受けて然るべき思慮を以て私と話して下さい。若し私が愚かで気紛れな事を云つたら、どうか優しく嘲笑つて下さい。でも私が真剣に話したら、ひたむきな思ひを尊重して耳を傾けて下さい。何故なら、あゝ最愛の人、女の思ひを他愛ないものと片付ける鷹揚な笑みや寛容な眼差しにはほとほとウンザリだからです。偽りの優しさ、和やかな態度を私は嫌悪します、それらは無思慮、横暴さを隠さうとしてちつとも隠せてゐない場合が何と多い事でせう。私が嫁ぐ事になつてゐる男の事です。貴方がその運命から救つて下さつたら！

でもそれは無理な願ひ。貴方は私が尊ぶもの全てです。温かく誠実に情熱的で、振舞ひも胸の内も礼節を弁へ、真心と愛情に満ちてゐる。貴方は私の願ひ通りの人――何故つて貴方は私の心の中にしか存在しないのですから。けれど想像の産物ではあれ、そして貴方の様な人には決して巡り合へないでせうけれど、貴方は私にとつて婚約相手よりもずつと愛しいのです。

昼も夜も貴方の事を想つてゐます。貴方を夢に見ます。頭の中、心の中で貴方と話してゐます。その外で貴方が存在して呉れたら！　大切な人、お休みなさい。貴方も私を夢に見て下さいますやうに。

ありつたけの愛を込めて

ヘレン

便箋の一番下に、きっと学校で教わったのだろう、「ミス・ヘレン・エリザベス・ワーリー、ブルックリン、ニューヨーク」と彼女は書いていた。その名をじっと見ながら、ずっと昔の真夜中に発されたこの心からの叫びを前にして僕はもう微笑んでいなかった。

夜みんな寝静まって一人起きている時間は不思議なものだ。もしこの手紙を昼間に見つけていたら、にっこり笑って友人たちに見せ、それっきり忘れてしまったことだろう。でもこうして独りきりでいて、窓が少し開いていて、涼しい深夜のみずみずしさに静かな空気も揺さぶられるなか、この手紙を書いた女性を、ひどく老いた人、とうの昔に亡くなった女性と考えるのは不可能だった。その言葉を読んでいると、彼女は現実の、生きた身に思え、ペンを手にこの机の前に裾の長い古風な白いドレスを着て若々しい髪をてっぺんで束ねて座っている姿が思い浮かんだ。これと同じような真夜中、ここブルックリンに彼女はいて、いま僕がいる場所がほとんど見えるところにいる。自分が生きる世界と時代に抗した、秘密の、望みなき訴えをじっと見下ろしていると、彼女を憐れむ思いが僕の胸に満ちた。

その手紙に返事を書いた理由を僕は説明しようとしている。時が止まったような春の夜の静寂のなか、古いインク壜のコルク栓を抜き、かたわらのペンを手に取り、それから、黄ばみかけた古い便箋を一枚、机の天板に広げて書きはじめるのは、ごく自然なことに思えたのだ。いまだ生きている若い女性と通信している気持ちで、僕はこう書いた——

ヘレン　あなたの机の秘密の引出しにあった手紙をたったいま読みました。どうしたらあなたを助けてあげられるか、わかったらどんなにいいでしょう。もしあなたの許へ行けるすべがあったとして、あなたが僕のことをどう思うかはわかりません。でも僕は、あなたのような人を知れたらと心から思うのです。あなたが美しかったらいいなと思いますが、そうである必要はありません。あなたのような人を僕は好きに、それも熱烈に好きになれると思います。そうなったら誠意と愛情をもってあなたに接することを約束します。どうか、エレン・エリザベス・ワーリー、あなたがいまいる時と場で精一杯頑張ってください。あなたの許に行くことも、あなたを助けることも僕にはできません。でもあなたのことを僕は考えます。もしかしたらあなたのことを夢に見られるかも。

心を込めて

ジェイク・ベルクナップ

自分の名をサインしながら、僕は少しおどおどと照れ笑いしていた。僕にはわかっていた。じきに書いたものを読み返して、古い便箋をくしゃくしゃに丸めて捨ててしまうだろうと。でもそれを書いたことが僕は嬉しかったし、結局捨てもしなかった。暖かな、静まり返った夜の感触にいまだ包まれていると、ふと僕は、手紙を捨てるとすればそれを書いた営みを無意味で愚かな真似に変えてしまうことになると思いあたったのだ。もっとも、代わりに自分がやったことは、それよりもっと愚かにも思える。僕は便箋を畳み、封筒のひとつに入れて、封をしたのだ。それからペンを古いインクに浸し、「ヘレン・ワーリー様」と封筒の表に書いた。

これは説明できることではないだろう。僕がいたところにいて、僕が感じたように感じていなければ誰にも理解できないと思う。でもとにかく、僕はその手紙を投函したかったのだ。自分の感情を吟味することを僕はあっさりやめ、理性的であろうとすることもやめた。やり始めたことを最後までやりとおそう、とにかく行けるところまで行ってみようという決意がにわかに訪れた。

僕の両親は、長年住んだニュージャージーの家を父親が二年前に退職したときに売り払い、いまはフロリダで楽しく暮らしている。僕が生まれ育った家の中を整理したとき、母は役にも立たない物たちを巨大な包みにまとめ、僕に送ってきた。僕は嬉しかった。小学校から大学までのクラス写真、子供のころ読んだ古い本、ボーイスカウトのピン、そういったたぐいのガラクタがどっさり入っていて、その中に小学校のときの切手コレクションもあった。そしてこの夜、僕は玄関戸棚の、それらが送られてきた箱を引っぱり出し、昔の切手アルバムを取り出した。

何年経っても、妙に心に残っている事柄があるものだ。開いた押入れのドアの前に立った僕は、ぼろぼろの古いアルバムを手に取り、芝を刈って稼いだお金で友だちから七十五セントで買ったのを覚えている切手のページをさっそく開いた。小さな糊付きのヒンジでページに軽く留めてある、二枚一組の切手。新品同様、一八六九年発行の合衆国二セント切手。廊下に立ってそれらを見下ろしていると、子供のころ手に入れたときの快感がいくぶんよみがえった。それは真四角の美しい切手で、凝った縁模様が中央の小さな版画（疾走する早馬に乗った人）を囲んでいる。ひょっとすると、二枚ペアだし、いまではかなり値打ちがあるかもしれない。でも僕は机に戻って二枚をミシン目に沿って丁寧に切り離し、一枚の裏を舐めて、かすかに黄ばんだ古い封筒に貼った。

それ以上先は考えなかった。僕はいまや一種トランス状態に入っていたと思う。古いインク壜とペンをズボンの尻ポケットに入れ、書いた手紙を手に持ってアパートの外に出た。

三ブロック離れたブロック・プレイスは人けがなかった。駐車した動かぬ自動車が道端に並び、空高く上がった深夜の月が角の大きなコンクリート造りのスーパーマーケットの輪郭を和らげている。手紙を持ってさらに歩いていくと、小さな靴修理店のすぐ先に、その古い屋敷は建っていた。雑草のはびこる敷地の真ん中、壊れた鋳鉄の柵からぐっと引っ込んで建ち、月光に黒い輪郭が浮き上がっている。僕は歩道で立ちどまって屋敷を見上げた。

高い窓のついた古い屋根はなくなり、家の中は物も取り除かれ、庭には裂けた板や剝がれた漆喰のかたまりが転がっていた。窓もドアもみんな外され、うつろに開いた口が澄んだ光に洗われていた。けれど高い古い壁は最後まで残っていて、依然堂々たるその姿は、古風な力強さと、いまでは廃《すた》れたたぐいの魅力を保っていた。

かつて門扉《もんぴ》があったところを抜けて、ひび割れて雑草も茂る煉瓦の通路を歩き、幅広い古いポーチへ向かった。凝った縦溝の入った柱のひとつに、屋敷の番地が古い木に深く入念に彫られているのが見えた。ポーチの幅広い平らな手すりまで来て、僕はインクとペンを取り出し、番地を注意深く封筒に書き写した。かつてここに住んでいた女の子の名前の下に972と書き、ブロック・プレイス、ブルックリン、ニューヨークと書く。そして封筒を手に通りの方へ引き返した。

次の四つ角に郵便ポストがあって、僕はそのかたわらに立った。だがこの手紙を、どうせ配達不能郵便室に行き着くに決まっていると知りつつこのポストに投函するのも、やはりこれを書いた営みを空疎で無意味な行為に変えてしまうことだと思わずにいられなかった。少ししてから僕はそのポストの前を過ぎ、通りを渡って右へ曲がった。どこに行くのか、僕にははっきりわかっていた。

夜の街を四ブロック歩いた。途中、タクシーが一台いるだけの、運転手が両腕と頭をハンドルに寄りかからせて眠っているタクシー乗り場を過ぎた。建物の壁から飛び出している給水パイプの上に座ってパイプを喫っている夜警の前を通ると、夜警は僕に会釈し僕も会釈を返した。次の四つ角で左に曲がり、さらに半ブロック歩いてから、ウィスター郵便分局のすり減った石段をのぼって行った。

ここはブルックリンの数ある郵便局の中でも、古さにおいて五本の指に入るにちがいない。建ったのは南北戦争からいくらも経っていなかった時期にちがいない。内部も当時とそんなに変わっていないと思う。床は大理石、天井は高く、濃い色の木の壁には模様が彫られている。郵便局のロビーはどこもそうだが外側のロビーは二十四時間開いていて、古い回転ドアを押して入るとそこには誰もいなかった。不透明な窓の向こうのどこか、局内のずっと奥の方で明かりがひとつぼんやり灯っている。あっちで誰かがひっそり仕事をしているんだろうか。でもロビー自体は暗く、音もなく、すり減った石の床を横切りながら、いま周りに見えているのはもうずっと前に亡くなった何世代ものブルックリン市民が見ていたものそのままだと僕にはわかった。

郵便局というのは僕にはつねに神秘の組織に思える。ずっと昔から幾世代もの人たちが、操作するのではなく単に世話してきた、くたびれた、だがいまも機能しているメカニズム。そこは時おり、宛先も差出人住所もはっきり書かれた手紙が紛れて失われてしまう場である。どこへ行き着くかは誰にもわからないし、いかなる理由でそうなるかも解明不能。郵便局員に問い合わせてもきっとそう言うはずだ。その神秘の雰囲気は、僕にとっては、さまざまな物語から成り立っている。誰でも新聞などで、時おり妙な話に出くわすのではないか。半世紀以上前に書かれた、一九〇六年の消印が押された手紙が今日配達される――ひとえにそれが、不可解にもほかのもろもろの郵便と一緒に、いま生きている誰の説明もなしにどこかの郵便局に届いたがゆえに。時にそれは挨拶の葉書である。たとえば一八九三年のシカゴ万博からの。あるときなど、何という悲劇かと読んで思ったものだが、それは結婚の申込みを承諾する手紙で、申込みが為されたのは一九〇一年、返事は今日、人生まるごと分遅れて、もうすでにほかの誰かと結婚していまや孫もいる男の許に届いたのだ。

すり減った真鍮のプレートを押して、投函口のひそやかな闇の中に手紙を落とすと、手紙は何の音も立てず永久に消えた。僕は回れ右して郵便局を出て、それなりの達成感を胸にアパートへ帰った。古い机の秘密の空間に見つけた、助けを求める声なき叫びに応えて、できる限りのことを僕はやったのだ。

翌朝、こういうときほとんど誰もが感じるであろう気分を僕も感じた。浴室の鏡の前に立って髭を剃りながら、昨夜自分のやったことを思い出して苦笑いし、馬鹿なことをやったと思いつつ、それをやった自分がひそかに誇らしくもあった。あの手紙を書いて、大真面目に投函したことが嬉しかったし、なぜ封筒に差出人住所を書かなかったかもいまになってわかった。「宛先該当者なし」だか何だかそんなスタンプを押されて封筒が自分の許に侘しく戻ってくるのを僕は望まなかったのだ。かつてそういう女の子がいて、昨夜彼女は僕にとって存在していた。そんな彼女に宛てた手紙が、ゴム印を押され、ぐじょぐじょ書き込みされ、開封もされずに戻ってきて、もはや彼女が存在しないことが証明されるのは嫌だった。

翌週はずっと忙しかった。僕は食品雑貨類の卸売り会社に勤めていて、スーパーマーケットのチェーンから大口の注文が来て全員の仕事が一気に増えたのだ。僕も昼食はたいてい仕事机で済ませ、夜も何晩か残業した。残業のなかった二晩はデートがあった。金曜の午後、マンハッタンの五番街と四十二丁目の角にある中央図書館に行って、新しい注文に関し週末に作成するよう命じられた書類に盛り込む統計データを五、六冊の業界誌から書き写した。

夕方近く、読書室の大きなテーブルで隣に座っていた男が本を閉じ、眼鏡をしまい、テーブルから帽子を取り上げて立ち去った。僕は椅子の背にもたれて、腕時計に目をやった。それからテーブルに男が置いていった本を見た。それはコロンビア大学から出ている、ニューヨークの歴史をふんだんな図版で伝える巨大な一巻本だった。僕はそれを引き寄せて、ぱらぱらめくりはじめた。

初めのセクションの、植民地時代、植民地前の時代のニューヨークの記述はさっさと飛ばしたが、古いスケッチやドローイングが実際の写真に代わってくると、ページを繰る手もゆっくりになった。十九世紀なかばに撮られた最古の写真数枚と、南北戦争期のものはざっと見ただけだったが、一八七〇年代の写真まで来たところで――最初のは一八七一年の五番街の情景だった――一枚一枚の下に付された説明書きも僕は読みはじめた。

ブロック・プレイスの写真があったらと期待するのは無理だとわかっていたし、ましてやヘレン・ワーリーの時代の写真があったらなどと思うのは高望みもいいところだ。もちろんそんな写真は一枚もなかった。けれども、一八八〇年代にブルックリンで撮った写真ならきっとあると思ったし、果たせるかな、何ページか進むと求めていたものが見つかった。細部までくっきり鮮明な写真が、半ページ分の大きさに美しく複製されていて、ブロック・プレイスから四百メートルも離れていない通りが写っていたのだ。その図書館でその写真をじっと見下ろしながら、ヘレン・ワーリーがまさにこの歩道を何度も歩いたにちがいないと僕にはわかった。**ヴァーニー・ストリート、一八八一年、**と写真の下には書いてあった。**当時のブルックリンの典型的な住宅街。**

今日のヴァーニー・ストリートは荒廃した場所だ。僕はそこを毎夕仕事からの帰り道に二ブロック歩く。道沿いにあるのは、燃え殻を敷きつめた中古車売場四つ、みすぼらしいコンクリート造りの自動車修理店（店の前の死んだような地面には錆びた車の部品や古タイヤが転がっている）、ほとんどペンキも剝げかけた下宿屋五、六軒（一軒の窓には**マッサージ**と書かれた薄汚いカードが貼ってある）。何の個性もない殺風景な通りであり、かつてこの道に一本でも木があったとは信じられないほどだ。

けれどかつてはあったのだ。テーブル上の本の中、くっきり白黒で、僕の目の前に一八八一年のヴァーニー・ストリートが広がっていて、幅の広い、草に覆われた美しい道路は切り石の縁石を隔てた歩道に左右から挟まれ、葉の茂る、ずっと昔になくなった古い木々が両側から高くそびえ真ん中で出会って絡みあい、広い道路に緑の屋根をもたらしていた。写真はどうやら道路から撮ったらしく――のんびり走る馬や二輪馬車が時おり通るだけの日々にはそれも可能だったのだ――カメラは斜めの角度で片側の歩道とその向こうに並ぶ大きな屋敷に向けられ、歩道を二百メートルくらい先まで見渡していた。

前景に広がる、大きな木々の下にのびた古い歩道は幅が二メートルはありそうに見えた。家族が四人か五人、横に並んで歩ける広さである。当時は本当に家族が木々の下の歩道を一緒に歩いたのだ。そして歩道の向こうのあちこちに、立派な古い芝の庭をはさんで十分引っ込んだ位置に、大きな屋敷が何軒も建っていた。屋敷同士もたっぷり離れていて、どこも十部屋、十二部屋、十四部屋、二階建てかそれ以上、一家みんなで住むようになっている。屋根裏部屋もあって、子供たちがそこで遊び、前の子供たちが残していった遺物に出遭う。窓も高く、外側は凝った装飾を施した木の枠に収まっている。ずっと昔のその写真に写った失われた屋敷は、どこも見るからに頑丈な造りで、ひさしをわざわざ渦巻模様で飾るだけの——仕事を職人芸と誇りとともに仕上げるだけの——時間と腕前と金があったことが感じとれた。そして、夏の晩に一家が椰子の葉の扇を手にくつろげる、幅広の巨大なポーチを作るだけの時間も。

美しい、木々に護られた通りをずっと先まで行ったところに——そのあたりは焦点もずれて像ははっきりしなかった——一人の女性が歩いていく後ろ姿が見えた。長いスカート、膨らんだ袖、夏用パラソルを背で開いている。ずっと昔に死んだ娘たちが何千といたなかで、これがヘレン・ワーリーではないだろうということは僕にだってわかる。でも、絶対にありえないということもないはずだ。ここここそ今日《こんにち》僕が日々目にしている、かつ彼女もしばしば歩いたにちがいない通りなのだ。だから僕は、そうとも、これは彼女なんだ、と考えることにした。もしかしたら僕は、自分にとって間違った時代に住んでいるのかもしれない。そののどかな通りにいられたら、と思うと居ても立ってもいられなくなった。いま目の前にある印刷されたページに刷られた情景の縁を乗り越えて、ずっと昔の古く美しいブルックリンに入っていきたい。そして遠くでひょこひょこ揺れているパラソルに近づき、追い抜いて、回り込んで、パラソルを持っている女の子の顔に見入るのだ。

その晩は家で仕事をした。かたわらの床に缶ビールを置いて机に向かっていたが、いつしかまたヘレン・エリザベス・ワーリーのことが頭に浮かんできた。晩のあいだずっと仕事し、午前零時半ごろ終えた。手書きの十一ページ、これを月曜日に会社でタイプしてもらう。輪ゴムやクリップを入れておいた真ん中の小さな引出しを開け、クリップをひとつ取り出して十一ページをまとめ、ゆったり椅子に座ってビールをぐいっと飲んだ。小さな真ん中の引出しはさっき開けたまま半開きになっていて、ふとそこに目をやると僕は、そうだ、この引出しにもきっと秘密の引出しが隠れているにちがいない、と思いあたった。

そのことは全然考えていなかった。先週はとにかく、列の最初の引出しの奥に見つけた手紙のことで夢中だったせいで、ほかのことは何も思いつかなかったし、そのあとは一週間ずっと忙しくて考える暇もなかったのだ。けれどいま、僕はビールを下ろし、真ん中の引出しを抜き取って、後ろに手を入れ、触れた滑らかな木に溝があるのを探りあてた。そうやって第二の秘密の小さな引出しを僕は取り出した。

自分が考えていること、確信していることを僕は語ろうと思うが、これは科学的な話だなどと主張するつもりはない。これには科学なんて何の関係もないと思う。夜とは本当に不思議な時間であり、夜にあっては物事は本当に違っている。人間ならみんな知っていることだ。そして僕はこう思う。過去七十年のあいだにブルックリンはずいぶん変わった。もはやそこは昔とは全然違う場所だ。けれど、いまもなお、あちこちに小さな島があって、かつてのありようの面影がぽつぽつと残っている。ウィスター郵便分局はそのひとつだ。そこは昔と本当に変わっていない。そして僕が思うに、夜になると——世界が眠り、いまある物たちが立てる音がほとんど静まり返りいまある物たちの姿も闇に包まれ朧《おぼろ》となる夜更けになると——いまこことあのいときとの境界は揺らぐ。ある瞬間、ある場所にあっては、境界が消滅する。古いウィスター分局の真夜中の薄闇で、ヘレン・ワーリーに宛てた手紙を持ち上げ、郵便差入れ口の古い真鍮のプレートの方へ持っていくことで、僕はきっと、差入れ口の片側にあっては一九六二年に立ったまま、ヘレン・ワーリーの若き日々のインクと紙を使って中身を書き宛先を書き切手もしかるべく貼った手紙を、あのすり減った古い差入れ口の向こう側の、一八八二年のブルックリンに落としたと思うのだ。

僕はそう信じる。それを証明しようという気はないが、とにかくそう信じる。なぜなら、いま、その第二の秘密の小さな引出しの中から僕は一枚の紙を見つけ、取り出して、開き、黄ばみかけた古い紙に錆っぽい黒のインクでこう書いてあるのを読んだのだ——

あゝ、貴方は一体誰なのですか？　何処へ行けば会へるのですか？　今日、朝二度目の配達で貴方の御手紙が届きました。以来私はずつと、苦しい程の興奮に包まれて家と庭を彷徨つてゐます。秘密の場所に隠した私の手紙を、貴方がどうやつて見付けたのか想像もつきませんが、とにかく御覧になつたからには、この手紙も御覧になるのでせうか。云つて下さい、貴方の手紙が悪戯でも残酷な冗談でもないと！　ウィリー、若し貴方だつたら、姉さんをからかつてやらうなどと思つたのだつたら、お願ひだから白状して頂戴！　でも若しさうでなかつたら――今私は私の一番秘密の願ひに本当に反応してくれた人に語りかけてゐるのなら――これ以上隠さず教へて下さい、貴方がどなたで、何処にいらつしやるのか。何故なら私も――えゝ、進んで告白します――貴方にお会ひしたくて堪らないからです。そして私も感じ、確信します、貴方を知る事が出来たらきつと貴方を愛するでせう。さうとしか考へられません。

どうかもう一度お便りを下さい。それ迄は心も安らぎません。

かしこ

ヘレン・エリザベス・ワーリー

長い時間が経ってから僕は古い机の最初の引出しを開け、そこにあったペンとインクと、一枚の便箋を取り出した。

そして何分か、ペンを手に持ったまま、夜の部屋に座り、天板に広げた何も書いていない紙を見下ろしていた。それからやっと、ペンを古いインクに浸し、こう書いた――

愛しいヘレン、どう言ったらあなたにわかってもらえるか、見当もつきません。でもとにかく僕は存在します、ここブルックリンの、あなたがいまこれを読んでいるところから三ブロックと離れていない場所に。ただし時は一九六二年です。僕たちを隔てている広がりは空間ではなく年月なのです。いま僕は、かつてあなたが所有していた机を所有しています。僕がその中に見つけた手紙を、あなたはまさにこの机で書いたのです。ヘレン、僕から言えるのは、僕があの手紙に返事を書いたこと、古いウィスター局で夜遅くに投函したこと、そしてなぜかそれがあなたの許に（この手紙もそうなるといいですが）届いたこと、それだけです。これは悪戯なんかじゃありません！　これほど残酷な冗談をやる人間なんて想像できますか？　僕はあなたには想像もつかないブルックリンの、あなたの家が見える界隈で暮らしています。そこは内燃機関によって推進される乗り物で街路が混みあう都市です。都市はあなたが知っている境界のはるか向こうまで広がり、人口は数百万、ものすごく混みあっていて木々のための空間はもはやほとんどありません。いまこれを書いている部屋の窓からは、あなたがいま見ているのとほとんど変わっていないブルックリン・ブリッジの向こうにマンハッタン島が見えて、高さ千フィート以上の石と鋼で出来た建物が並び、照明の灯ったそれらのシルエットが見えます。

どうか僕を信じてください。僕は生きていて、あなたがこれを読む八十年後に存在していて、あなたと恋に落ちたという思いを抱えているのです。

しばらくのあいだぼんやり壁を見ながら、きっと正しいにちがいないと思える考えをどう説明したものかを考えた。それから書いた。

ヘレン、僕たちの机には秘密の引出しが三つあります。一つ目に君は僕が見つけた手紙だけを入れました。君はもうその引出しに何か足しても、それが僕に届くことは望めません。なぜなら僕はもうその引出しを開けて、君が入れた一通の手紙だけを見つけてしまったからです。もはやほかには何も、年月を超えてその引出しから僕の許に届くことはありません。すでに為したことは変えられないのです。

第二の引出しに君は、いま僕の目の前にある手紙を入れ、僕はそれを、数分前に引出しを開けて見つけました。君はそこにほかには何も入れなかったから、それももはや変えられません。

でもヘレン、僕はまだ第三の引出しを開けていません。まだです！　それが君にとってもう一度僕の許に達する最後の手段です。それが最後です。この手紙を僕は前回と同じように投函し、待ちます。一週間したら最後の引出しを開けます。

ジェイク・ベルクナップ

長い一週間だった。仕事で昼は忙しかったが、夜は第三の秘密の引出しのこと以外ほとんど何も考えられなかった。早く開けてしまいたい、という強い誘惑に駆られ、そこに何があるにせよそれはもう何十年も前に入れられたものであってもういまそこにあるはずだと自分に言い聞かせもしたが、やっぱり確信はなかったので、待った。

やがて、夜遅く、古いウィスター分局で二通目の手紙を投函してきっかり一週間経ったところで、僕は第三の引出しを抜き取り、中に手を入れて、後ろにある最後の小さな引出しを取り出した。手がぶるぶる震えて、一瞬じかに見ることに耐えられず——引出しの中には何かがあったのだ——僕は顔をそむけた。それから、見た。

長い手紙を僕は予想していた。何ページにもわたる最後の手紙、彼女から僕に言いたいことがぎっしり詰まっている最後の通信。でもそこに手紙はなかった。それは一枚の写真だった。縦横七センチくらい、色褪せたセピアカラーで、分厚くて硬い段ボール紙にマウントしてあって、隅に写真屋の名前がごく小さな金文字で書かれていた——ブランナー&ホランド、巴里《パリ》風写真撮影、ブルックリン、ニューヨーク。

写真にはハイネックの黒いドレスを着て襟にカメオのブローチを着けた女性の頭と肩が写っていた。黒髪はぎゅっと後ろにひっつめられて耳を覆っている。もはや現代の美の通念にはそぐわないスタイルだ。けれど、ドレスと髪型の見るからに厳めしい感じも、その古い写真から僕に笑みを送っている顔の美しさを損ねてはいなかった。古典的な意味で美しい顔ではないと思う。眉毛は抜いていなくて、今日では見慣れぬほど濃い。けれども、唇と目の柔らかで温かい笑みが——年月を超えて僕を見るその目は大きく、穏やかだった——ヘレン・エリザベス・

ワーリーを美しい女性にしていた。写真の下に「いつまでも忘れません」と彼女は書いていた。そうして、古い机の前に座って彼女が書いた言葉を見つめながら、言うべきことはむろんそれしかないことを僕は理解した。この最後の一回、もう今後僕の許に達することは決してできないと知りつつ、ほかに何が言えよう?

でも、最後ではなかった。ヘレン・ワーリーが年月を超えて僕と通信する手立てはもうひとつだけあったのだ。僕がそれに気づくまで長い時間がかかったし、きっとそれは彼女も同じだったにちがいない。つい一週間前、探しはじめて四日目にやっとそれが見つかった。もう夕暮れ時で、陽もほぼ沈んだころ、静かな木々の下に何列もはてしなく並ぶ墓の中に、その古い墓標が見つかったのだ。そして僕は、風雨にすり減った古い石に彫られた碑文を読んだ。ヘレン・エリザベス・ワーリー　一八六一―一九三四。その下に――いつまでも忘れませんでした。

僕も忘れないだろう。

白痴が先

Idiots First

（1961）

バーナード・マラマッド

Bernard Malamud

ブリキの掛時計が重くカチカチ鳴る音が止まった。闇のなかでうたた寝していたメンデルは、ハッと怯えて目を覚ました。耳を澄ますと、痛みが戻ってきた。冷えた恨めしい衣服を引っぱるように着て、ベッドの縁に腰かけて何分も無駄にした。

「アイザック」とメンデルはやっと、ため息をつくように言った。

台所でアイザックが、あんぐり驚きに口を開け、ピーナッツを六粒手のひらに載せていた。一つひとつ、食卓の上に置いていく。「いち……にぃ……きゅう」

ピーナッツを一つずつ手に戻して、アイザックは戸口に現われた。だぶだぶの帽子をかぶって裾の長い外套を着たメンデルは、まだベッドに腰かけていた。アイザックは小さな目と耳で見守った。濃い髪は両耳の上が白くなりかけている。

「ねる《シュラーフ》」アイザックは鼻声で言った。

「駄目だ」メンデルが呟いた。そして息が詰まったみたいに立ち上がった。「おいで、アイザック」

止まった掛時計を見て胸が悪くなったが、古い懐中時計のねじをメンデルは巻いた。

アイザックは時計を耳にくっつけたがった。

「駄目だ、もう遅いんだから」。メンデルは時計をていねいにしまった。引出しのなかから、くしゃくしゃの一ドル札、五ドル札が入った小さな紙袋を出して、外套のポケットに滑り込ませた。そしてアイザックに手を貸して外套を着させた。

暗くなった一方の窓をアイザックは見て、それからもう一方を見た。両方のうつろな窓をメンデルは茫然と眺めた。

暗い明かりの灯った階段を、二人でのろのろ下りていった。メンデルが先を行き、アイザックは壁の上で動く二つの影を眺めた。一方の細長い影に彼はピーナッツを差し出した。

「はらへた《ハングリッグ》」

玄関から外に出る前、老人は薄いガラスごしに外を覗いた。十一月の夜は冷えびえとして寒そうだった。メンデルはドアを開け、用心深く首をつき出した。何も見えなかったが急いでドアを閉めた。

「ギンズバーグ、昨日私に会いに来た奴」とメンデルはアイザックに耳打ちした。

アイザックはひぃっと空気を吸った。

「わかるか、誰のことか？」

アイザックは指であごに櫛を入れた。

「そいつだ、黒いあごひげの。あいつと口をきくんじゃないぞ。一緒に行こうと言われても行くんじゃないぞ」

アイザックはうめき声を上げた。

「若い者には、あいつもそんなに手を出さないが」とメンデルは、思いついたように言った。

夕食の時間で、通りに人けはなかったが、四つ角までの道は商店のウィンドウに薄暗く照らされていた。人波のとだえた通りを二人は渡り、先へ進んだ。アイザックが嬉しそうに叫んで三つの金色の玉を指さした。メンデルはにっこり笑ったが、質屋に着いたときにはもう疲れはてていた。

質屋は赤いあごひげを生やし、黒い角縁《つのぶち》の眼鏡をかけた男で、店の奥で白身の魚を食べていた。首を伸ばして、二人を見て、また元の姿勢に戻って紅茶を啜った。

五分経って質屋は、ぼてっとした唇を大きな白いハンカチで拭いながら出てきた。

メンデルは荒く息をして、くたびれた金時計を質屋に渡した。質屋は眼鏡を持ち上げ、接眼鏡をねじ込んだ。一度だけ時計をひっくり返した。「八ドル」

死にかけている男は、ひび割れた唇を濡らした。「三十五ないと困るんです」

「じゃあロスチャイルドに行きな」

「買ったときは六十したんです」

「一九〇五年だろ」。質屋は時計を返した。チクタクという音は止んでいた。メンデルはのろのろとねじを巻いた。チクタクとうつろな音がした。

「アイザックを、カリフォルニアにいる私の叔父のところに行かせなくちゃならんのです」

「自由の国さ」質屋は言った。

アイザックがバンジョーを見て、ニタニタ笑った。

「こいつ、どうなってるんだ？」質屋が訊いた。

「じゃ八ドルでいいです」メンデルがぼそっと言った。「でも残りを、今夜どこで手に入れたらいい？」

そしてメンデルはさらに、「私の帽子と外套でいくらです？」と訊ねた。

「お断りだね」。質屋は金網のなかに入って、質札を書いた。小さな引出しに時計を入れて鍵をかけたが、チクタク鳴る音がメンデルにはまだ聞こえた。

通りで八ドルを紙袋にしまってから、あちこちのポケットに手を入れて紙切れを探した。見つかると、街灯の光で住所を読もうと目を凝らした。

二人でとぼとぼ地下鉄まで歩いていく途中、星をちりばめた空をメンデルは指さした。

「ごらんアイザック、今夜はたくさん星が出ているよ」

「たまご」アイザックは言った。

「まずミスタ・フィッシュバインのところに行くんだ。食べるのはそれからだよ」

マンハッタン北部で電車を降りて、何ブロックか歩いてやっとフィッシュバインの家が見つかった。

「まるで宮殿だねえ」とメンデルは呟き、つかのまの暖かさを楽しみにした。

どっしりした玄関のドアをアイザックは不安げに見つめた。

メンデルが呼び鈴を鳴らした。長いもみあげの召使いが出てきて、フィッシュバインご夫妻は食事中で誰とも会えないと言った。

「ゆっくり召し上がってくださって結構、終わるまで待たせてもらいますから」

「明日の朝また来なさい。明日の朝だったらミスタ・フィッシュバインが会ってくれますよ。夜のこの時間には、仕事も慈善もなさらないんです」

「慈善なぞ私は求めて――」

「明日また来なさい」

「伝えてください、生きるか死ぬかの――」

「誰にとって生きるか死ぬかです？」

「そりゃあミスタ・フィッシュバインにとってじゃありません、私にとってです」

「あんた、生意気な口きくもんじゃないよ」

「私の顔をよく見てください」とメンデルは言った。「明日の朝まで時間がある顔に見えますか？」

召使いはメンデルをじっと見て、それからアイザックを見て、しぶしぶ中に入れてやった。

玄関広間はおそろしく天井が高く、壁には油絵がたくさん掛かっていて、絹のカーテンはたっぷりとして厚く、足下には花柄の分厚い絨毯が敷かれ、大理石の階段がのびていた。

フィッシュバイン氏は太鼓腹の禿げ頭の人物で、鼻の穴からは毛がのぞき、小さなエナメル革の足どりも軽く階段を下りてきた。タキシードのボタンの下には大きなナプキンがたくし込まれている。下から五段目で氏は立ちどまり、訪問者二人をしげしげと眺めた。

「金曜の晩に、客がいるのに押しかけてきて、夕食を台なしにするのは誰かね？」

「お邪魔して申し訳ありません、ミスタ・フィッシュバイン」とメンデルは言った。「いま来なければ明日は来られないのです」

「前置きはいいから、用件を言ってくれるかね。私は腹が減っているのだ」

「はらへた《ハングリッグ》」アイザックが哀れっぽい声を出した。

フィッシュバインは鼻眼鏡を整えた。「そいつ、どうなってるんだ？」

「息子のアイザックです。生まれてからずっとこうなのです」

アイザックが弱々しい声を上げた。

「この子をカリフォルニアに送り出すのです」

「ミスタ・フィッシュバインは個人の観光旅行なんかに寄付せんよ」

「私は病気なのです、この子を今夜列車に乗せてレオ叔父のところへ行かせねばならんのです」

「組織にしか寄付しないのだ」フィッシュバインは言った。「だが腹が減っておるなら、一階のキッチンに招待しよう。今夜はチキンと腸詰だよ」

「カリフォルニアの叔父のところへ行く列車の切符を買うのに、三十五ドルあればいいのです。残りはもうあるのです」

「あんたの叔父とは誰だ？　何歳の人だ？」

「八十一です、神よ彼に永き命を」

フィッシュバインはゲラゲラ笑い出した。「八十一のところに、この薄馬鹿を行かせるのかね」

メンデルは両腕をばたばた振って叫んだ。「お願いです、悪口はやめて」

フィッシュバインは礼儀正しく譲歩した。

「ドアが開いていれば、私たちは家に入るのです」と病んだ老人は言った。「三十五ドルくださったら、あなたに神のご加護があるでしょう。ミスタ・フィッシュバインにとって三十五ドルが何です？　何でもありません。私にとって、私の息子のためには、すべてです」

フィッシュバインは精一杯背を伸ばした。

「個人には寄付しない――団体のみ、それが一貫した方針だ」

メンデルはよろよろとくずおれ、きしむ膝を絨毯についた。

「お願いですミスタ・フィッシュバイン、三十五が駄目なら、二十でも」

「レヴィンソン！」フィッシュバインが怒った声で呼んだ。

長いもみあげの召使いが階段の上に現われた。

「この方々をお送りしなさい――屋敷を去る前に食事をなさりたいなら別だが」

「私の病はチキンでは治りません」メンデルは言った。

「こちらへどうぞ」レヴィンソンが階段を下りながら言った。

アイザックは父に手を貸して立たせてやった。

「施設に連れていきなさい」とフィッシュバインは大理石の手すりの向こうから忠告し、足早に階段を駆け上がった。二人はたちまち外へ出されて風に吹きつけられた。

地下鉄まで歩く道は長く単調だった。風が侘しげに吹いた。メンデルは息を切らせて、何度もこっそり影を見やった。アイザックは凍えたこぶしにピーナッツを握りしめ、もう一方の手で父の裾にしがみついた。ベンチに座って一休みしようと、二人は小さな公園へ入っていった。石のベンチを覆うように、葉のない、枝の二本ある木が立っていた。太い右の枝は持ち上がり、細い左の枝は垂れていた。ひどく青白い月がのろのろ上がってきた。同じように、二人がベンチに近づいていくなか、見知らぬ男がゆっくり立ち上がった。

「よい祭日を《グート・ユンテイフ》」男はしゃがれ声で言った。

メンデルの顔から血の気が引いて、やつれた両腕を彼は振った。アイザックは生気のないわめき声を上げた。それから鐘が鳴った。まだ十時だった。甲高い苦悩の叫びをメンデルが発するとともに、あごひげを生やした見知らぬ男が藪のなかに消えていった。警官が駆けてきて、警棒で藪を叩いたが何も見つからなかった。メンデルとアイザックはそそくさと小さな公園から出ていった。メンデルがちらっとうしろをふり返ると、枯れた木の細い方の腕は上がって太い方は下りていた。メンデルはうめいた。

二人はトロリーバスに乗ってかつての友人の家まで行ったが、相手は何年も前に死んでいた。

その近所でカフェテリアに入り、アイザックのために目玉焼を二つ注文した。店は混んでいて、席が空いているのは、小麦の挽割《カーシャ》のスープを飲んでいるがっしりした男の座ったテーブルだけだった。男を見たとたん二人は急いで店を出た。アイザックはしくしく泣いた。

別の紙切れにもうひとつ住所が書いてあったが、そっちの家は遠すぎた——クイーンズ。二人はどこかの家の戸口に立って震えていた。

どうしたらいいだろう、とメンデルは必死に考えた。あと一時間しかないのに。

自宅にある家具を彼は思い出した。ガラクタだが、何ドルかにはなるかもしれない。「おいで、アイザック」。もう一度交渉しに質屋へ行ったが、店はもう暗く、鉄の格子扉が——すきまの向こうで指輪や金時計が光っている——しっかり閉まっていた。

二人は電信柱の陰で背中を丸めていた。二人とも凍えそうだった。アイザックがメソメソ声を漏らした。

「大きな月が見えるかい、アイザック。空じゅう真っ白だよ」

メンデルは指さしたが、アイザックは見ようとしなかった。

少しのあいだ、明るく照らされた空をメンデルは夢に見た。長くのびた光が四方に広がっている。空の下、カリフォルニアで、レオ叔父さんが座ってレモンティーを飲んでいた。メンデルは暖かさを感じたが寒くて目が覚めた。

通りの向かいに、ひどく古い、煉瓦造りのシナゴーグが建っていた。

巨大な扉をメンデルは力一杯叩いたが、誰も出てこなかった。息が整うまで待って、もう一度懸命にノックした。やっとのことで中から足音が聞こえて、シナゴーグの扉がぎいっと、巨大な真鍮の蝶番を軸にして開いた。

ポタポタ垂れる蠟燭を手にした、黒っぽい服を着た堂守が二人を睨みつけた。

「こんな夜更けにシナゴーグの扉をやかましく叩くのは誰だ？」

メンデルは堂守に悩みを伝えた。「お願いします、ラビに会わせてください」

「ラビはご年配なんだ。もう寝ていらっしゃる。奥さんが会わせてくれませんよ。帰って、明日また来なさい」

「明日にはすでに別れを告げました。私はもう死にかけている人間なんです」

堂守は迷っている様子だったが、隣の木造の家を指さした。「あそこのお宅だ」。堂守はシナゴーグに姿を消した。灯った蠟燭が彼の周りに影を投げた。

袖にしがみつくアイザックを従えて、メンデルは玄関先の木の階段をのぼって呼び鈴を鳴らした。五分経って、大きな顔、白髪頭、大柄の女が、破れたガウンを寝巻の上に羽織って玄関に現われた。ラビは寝ている、起こすわけには行かない、と女は有無を言わさぬ口調で言った。

ところが、女がそう言い張るさなかに、ラビ本人がよたよたと出てきた。しばらく聞いていたが、やがて「会いに来た人がいるなら中に入れてやりなさい」と言った。

散らかった部屋に彼らは入っていった。ラビは痩せこけた老人で、肩は曲がり、あごひげはほっそりとして白かった。フランネルの寝巻を着て、黒い頭蓋帽《スカルキャップ》をかぶっている。足は裸足だった。

「ああ何ということ《ヴェイ・イズ・ミール》」と妻が呟いた。「靴をはいてください、でないと明日はきっと肺炎に」。彼女は腹のでっぷりした、夫より何歳も若い女性だった。彼女はアイザックをじっと見て、それから目をそらした。

メンデルは済まなそうに用件を述べた。「あと三十五ドルあればいいのです」

「三十五ドル？」ラビの妻が言った。「三万五千ドルだって同じよ！　そんな金どこにあると言うの？　夫は貧しいラビです。お医者に一銭残らず持ってかれてしまうのよ」

「友よ」とラビは言った。「あったら、差し上げるんだが」

「すでに七十あるのです」とメンデルは、重い心で言った。「あと三十五あれば」

「神が与えてくださるでしょう」とラビは言った。

「墓に入ってからね」とメンデルは言った。「今夜要るんです。おいで、アイザック」

「待ちなさい」ラビが呼びかけた。

ラビは急ぎ足で奥に入っていき、裏地が毛皮の長衣《カフタン》を持って戻ってきて、メンデルに渡した。

「ヤーシャ」妻が金切り声を上げた。「駄目よ、新品の外套じゃないの！」

「古いのがあるさ。体は一つなんだ、誰が二つ要る？」

「ヤーシャ、大声出すわよ――」

「貧しい人たちのなかに、誰が新しい外套なんか着て入っていける？」

「ヤーシャ」妻は叫んだ。「この男があなたの外套もらってどうするの？　今夜お金が要るのよ。質屋は寝ています」

「行って起こせばいいさ」

「駄目よ」。妻はメンデルから外套をもぎ取った。

メンデルは一方の袖をしっかり握って、妻と外套を奪いあった。この女のことは知っている、とメンデルは思った。「シャイロック」と彼は呟いた。女の目がぎらぎら光った。

ラビがうめき声を上げ、めまいがしたかのようによろめいた。妻が叫んだすきにメンデルはその両手から外套を奪いとった。

「逃げなさい」ラビが叫んだ。

「走れ、アイザック」

二人で家から走り出て、階段を駆け降りた。

「止まれ、泥棒」ラビの妻が叫んだ。

ラビは両手をこめかみに押しつけて、床に倒れた。

「助けて！」妻は泣いた。「心臓発作よ！　助けて！」

だがメンデルとアイザックは、裏地が毛皮の新品のカフタンを持って通りを駆けていった。

彼らのあとを、ギンズバーグが音もなく追っていった。

ひとつだけ開いている窓口でメンデルが列車の切符を買ったときには、もうひどく遅い時間だった。

サンドイッチを食べている余裕もないので、アイザックは持っていたピーナッツを食べ、がらんとした巨大な駅に停まっている列車へと二人は急いだ。

「いいか、朝になったら」走りながらメンデルは喘ぎあえぎ言った。「サンドイッチとコーヒーを売りにくる。食べていいが、お釣りはもらうんだぞ。カリフォルニアに着いたら、駅でレオ叔父さんが待っている。お前には叔父さんがわからなくても、叔父さんにはお前がわかる。くれぐれもよろしく言っていたと伝えなさい」

だがプラットホームに通じるゲートに着くと、もう閉まっていて、明かりも消えていた。

メンデルは低くうめいて、両のげんこつでゲートを叩いた。

「もう遅い」と制服の切符係が言った。大柄であごひげの、鼻の穴から毛がのぞいた、魚の臭いがする男だった。

切符係は駅の時計を指した。「もう十二時過ぎです」

「だってそこに停まってるじゃないか」とメンデルは悲しみに駆られてぴょんぴょん跳ねながら言った。

「たったいま出ましたよ——あと一分で」

「一分あれば充分だ。ゲートを開けてくれ」

「もう遅いって言ったでしょう」

メンデルは自分の骨ばった胸部を両手で叩いた。「どうかお願いです、この頼みだけは叶えてください」

「頼みはもう充分叶えてやったよ。お前にとって列車はもう出たんだ。お前は十二時に死ぬはずだったんだ。昨日そう言ったはずだ。ここまでが精一杯だよ」

「ギンズバーグ！」メンデルはぞっとして後ずさった。

「いかにも」。その声は金属的で、目はぎらぎら光り、表情は愉快げだった。

「私自身は何も要らない」と老人はすがるように言った。「だが私の息子はどうなるんです？」

ギンズバーグはわずかに肩をすくめた。「なるようになるのさ。そういうのは私の責任じゃない。ねじの一本足らん奴の心配をしなくても、考えるべきことはたっぷりあるんだよ」

「じゃああんたの責任は何なんだ？」

「状況を作ること。起きることを起こすこと。べつにジゼンジギョーをやってるわけじゃないんでね」

「何の事業だろうと、あんたの慈悲の心はどこにある？」

「そういうのは私の扱いじゃないね。掟は掟さ」

「何の掟だ？」

「宇宙の不変なる掟だよ。ふん、俺だってそれに従わにゃならんのだぞ」

「何なんだ、そんな掟?」メンデルは叫んだ。「あんたわからないのか、この哀れな子を抱えて、私がこれまでずっとどんな思いをしてきたか? この子を見ろ。三十九年、この子が生まれた日からずっと、この子が大人になるのを待ってきた、だけどいつまで経ってもなりやせん。父親が胸の内でどんな思いでいるか、あんたわかるか? どうしてこの子を叔父さんのところに行かせてくれない?」。声がだんだん大きくなって、最後は叫んでいた。

アイザックがわあわあ泣いた。

「落着け、誰かさんが気を悪くするぞ」ギンズバーグがアイザックの方にウィンクしながら言った。

「一生ずっと」メンデルが言った。体が震えていた。「一生ずっと、私に何があった? 私は貧乏だった。体も悪くした。働けば働きすぎた。働かなければもっと悪かった。妻は若死にした。だが私は誰からも何も求めなかった。そしていま、ささやかなことを求めている。お願いだ、ミスタ・ギンズバーグ」

切符係はマッチ棒で歯をほじくっていた。

「あんただけじゃないんだよ、もっとひどい人だっているんだ。この国じゃそうなってるんだよ」

「犬」。メンデルはギンズバーグの喉につかみかかり、首を絞めはじめた。「人でなし、お前には人間ってことの意味がわからないのか?」

二人は鼻をくっつけて取っ組みあった。ギンズバーグは、驚きに染まった目こそ膨らんでいたが、じき笑い出した。「ゴミ、クズ、出来損ない。凍らしてバラバラにしてやる」

彼の目が憤怒に光った。耐えがたい寒さが、凍った短剣のように体に入り込んでくるのをメンデルは感じた。身の隅々まで縮み上がった。

ああ、アイザックを助けられずに死んでいく。

人が集まってきた。アイザックが怯えてキャッと叫んだ。

最後の苦悶とともにギンズバーグにしがみつきながら、メンデルは切符係の目のなかに、自分の深い恐怖が映っているのを見た。だがメンデルはまた、メンデルの目に映った己に見入るギンズバーグが、その目のなかに、己のすさまじい憤怒が映し出されているのを見ていることも見てとった。ゆらめく星のような目もくらむ光、闇を生み出す光をギンズバーグは見ている。

ギンズバーグは仰天した顔になった。「誰だ、俺は?」

のたくる老人をつかむ手がじわじわ緩んでいき、心臓ももうほとんど止まりかけたメンデルは力なく地面に倒れ込んだ。

「行け」とギンズバーグが呟いた。「そいつを列車に連れていけ」

「通してやれ」とギンズバーグは警備員に命じた。

人波が左右に分かれた。アイザックは父親に手を貸して立ち上がらせ、二人はよたよたとプラットホームへの階段を下り、明かりも灯りいまにも発車せんと待つ列車の方へ向かった。

メンデルはアイザックに二等席を見つけてやり、あわただしく彼を抱きしめた。「レオ叔父さんを助けるんだぞ、イサーキル。お前の父さん母さんも忘れるんじゃないぞ」

「よく見てやってください」メンデルは車掌に頼んだ。「一つひとつ教えてやってくださいね」

列車がゆっくり動き出すまで、メンデルはプラットホームで待った。アイザックは席の端に座って、首を旅先の方向にのばしていた。列車が行ってしまうと、ギンズバーグの様子を見にメンデルは階段をのぼっていった。

編訳者あとがき

一九五〇年代（とその前後の各数年）はアメリカ短篇小説の黄金時代だった。大半の作家が長篇同様、あるいはそれ以上に短篇に精力を注ぎ、その成果を発表する媒体もふんだんにあった。いわゆる文芸誌のみならず、『マドモアゼル』『コスモポリタン』『エスクァイア』等々のファッション誌、女性誌、男性誌から、『コメンタリー』『パーティザン・レビュー』といった政治色の強い雑誌まで、まず間違いなく短篇小説を掲載していた。今日、文芸誌以外で毎号小説を載せている雑誌が『ニューヨーカー』『ハーパーズ』くらいになってしまったのと較べると隔世の感がある。一九五三年に生まれた『プレイボーイ』にしても、創刊号の目次を見ると、記事十三本のうち三つは「フィクション」と分類されている。まあ中身は「デカメロン」、シャーロック・ホームズ、アンブローズ・ビアスの短篇、と過去の作品の再録だったが、それでも『プレイボーイ』はその後も小説ページを充実させ、ソール・ベロー、ジョン・アップダイク、ウラジーミル・ナボコフといった大御所の作品を掲載することになる。多くの作家が良質の短篇を書き、それに反応する読者が一定数いて、両者を橋渡しする雑誌がいくつもある……そういう時代だったのである。

短篇ということからしばし離れると、さかのぼって一九二〇〜三〇年代、芸術のあらゆる分野で「モダニズム」と総称される新しい流れが生まれ、さまざまな革新がなされたが、むろん文学も例外ではなく、小説の書き方も一気に多様化し、アメリカではガートルード・スタイン、ヘミングウェイ、フォークナーらがそれぞれ新しい書き方を切り拓いた。そして大恐慌の三〇年代、戦争の四〇年代前半を経て、四〇年代末あたりからは、「革新」が一部の先鋭的な書き手の専有物ではなく、多くの作家がゆるやかに共有するものに落ち着いていったように思える。それは五〇年代のジャズを聴いていてしばしば感じられる円熟感に通じるものがあるかもしれない。五〇年代というと、経済的には繁栄していても、社会的には画一化への圧力が強かった息苦しい時代というイメージが強く、多くの面ではたしかにそのとおりだっただろうが、文学は（当然ながら）むしろそうした画一化に対抗していたし、なかば自己破壊的な実験性を顕著に帯びるのは（これまたジャズ同様）もう少し先、激動の六〇年代後半に入ってからのことだった。

一九五〇年という時代をごく大まかに概観しておくと、第二次世界大戦で勝利し、かつ本土に被害がなかったアメリカの経済はますます繁栄するが、世界全体はアメリカとソ連という二大勢力の対立、いわゆる冷戦構造の下にあった。核の脅威が声高に叫ばれ（学校の生徒が核戦争に備えて机の下に避難する練習をしたり……）、ハリウッドなどでは共産主義者と疑われた人々が迫害されたりした（いわゆる「赤狩り」）。中流階級のあいだでは都市でなく郊外の広々とした住宅に住むライフスタイルが広まり、『パパは何でも知っている』のようなホームドラマで幸せな核家族像が謳い上げられたが、それによってたとえば「女性は家にいるもの」といった圧力はむしろ強まり、戦時中に男が戦争に行っていることで女性の職場進出が広まりかけた流れもむしろ逆戻りした。黒人が平等を求める公民権運動が五〇年代なかばから本格化するものの、それに対する敵意もすさまじかった（白人のみだった高校に初めて入学し登校しようとする黒人女子学生に向けられた白人たちの表情を写真で見ると、ほとんど「憎悪」の寓意画に思える）。サリンジャーの『キャッチャー・イン・ザ・ライ』（一九五一）もシルヴィア・プラスの『ベル・ジャー』（一九六三）も、そうした時代の窮屈な空気を間違いなく反映している。

だが息苦しい世の中ではあれ、文学に関しては、書き手の幅が大いに広まった時代だった。黒人作家（リチャード・ライト、ラルフ・エリスン、ジェームズ・ボールドウィン）、ユダヤ系作家（ノーマン・メイラー、ソール・ベロー、フィリップ・ロス）、南部作家（フラナリー・オコナー、カーソン・マッカラーズ、トルーマン・カポーティ）たちがそれぞれのバックグラウンドから生まれる問題意識を反映する作品を書き、かつ全体としてはゆるやかに「周縁に置かれた人々の物語」という傾向を示しつつ、アメリカ文学の枠を拡げていった。

そして最初に述べたように、そうした作家たちの多くは短篇に力を注いだ。各時代の「ザ・ベスト・オブ・ザ・ベスト」の短篇を、という思いで作っている本書のセレクションにしても、「五〇年代から選ぶのになぜ〇〇は入っていないのか」という批判が想定できる作家の名はいくらでも挙げられる。ジョン・チーヴァー、ジョン・アップダイク、ウィリアム・ゴイエン、カポーティ、マッカラーズ、レイ・ブラッドベリ、アイザック・バシェヴィス・シンガー、ユードラ・ウェルティ（まあ彼女は「準古典篇」に入れたが）……これらの作家に絞ってもう一冊アンソロジーを編んでも、本書とほぼ同レベルのアンソロジーが編めそうである。対象とした時期は一九四〇年代後半から一九六〇年代前半までの二十年足らずにすぎないのに、入れたい作品には本当に事欠かなかった。以下、個々の作家・作品について簡単に述べる。

シャーリイ・ジャクスン（一九一六―一九六五）

ジャクスンは当時からよく読まれたものの、どちらかというと大衆的な作家と見なされ、文学的な評価はかならずしも高くなかった。が、死後もその名声はいっこうに衰えず、彼女を敬愛する現代作家たちがトリビュート作品を寄せたアンソロジーが作られたり（『穏やかな死者たち』二〇二一）、彼女を主人公とする小説も書かれて（Susan Scarf Merrell, *Shirley*, 2014）それが映画化されたりもしている（ジョゼフィン・デッカー監督『Shirley シャーリイ』二〇二〇）。「くじ」は雑誌『ニューヨーカー』一九四八年六月二十六日号に掲載されるや抗議の手紙や電話が殺到し、いまふうにいえばすさまじく「炎上」した。おそらくそれは、この小説が「強く正しいアメリカ」という物語の虚偽を――もしかすると作者の意図とはまったく無関係に――暴いていることを、読者が――これまたなかば無意識に――感じとったからだろう。

J・D・サリンジャー（一九一九―二〇一〇）

サリンジャーは一九四〇年から雑誌に短篇を発表していて、『ストーリー』誌に掲載されたデビュー作"The Young Folks"（邦題「若者たち」「いまどきの若者」）からすでに耳のよさは桁外れである。サリンジャー自身は単行本化しなかった初期短篇のどれもが、リアルな会話やしぐさを通して、当今の若者たちが感じていた不安、願望、焦燥、絶望等々をあざやかに伝えている。読者は精緻な会話や描写を通して、その意味するところはかならずしも言語化できなくても、この感じ、わかるなあ……と感じ入りながら読むわけだが、それがこの「バナナフィッシュ日和」では――まさしくこめかみに銃弾を喰らうがごとくに――アッと驚かされることになる。

サリンジャーは一九四八年から五三年にかけて『ニューヨーカー』に短篇を九本発表し、これが『ナイン・ストーリーズ』（一九五三）に結実した。「バナナフィッシュ」はその第一弾である。後半の、シーモアと少女との会話と衝撃の結末が話題にされがちだが、前半の母と娘の会話も実は作品の二分の一を占めている。そしてこの会話も不思議と読ませる。

ウラジーミル・ナボコフ（一八九九―一九七七）

英語を母語としない英語作家は、比較的シンプルな英語を書くか、英語を母語とする大半の書き手よりよっぽど凝った英語を書くか、どちらかに分かれる気がする。ナボコフはジョゼフ・コンラッドとともに後者の代表格である。当時の文壇の大御所エドマンド・ウィルソンに、英語辞書の最高峰と言われる『オックスフォード英語辞典』に載っていない単語を使ったと批判されると、「『ウェブスター第二版』には載っている」とナボコフは言い返した（*Webster's New International Dictionary: Second Edition*［1934］はその巨大さと収録語数の多さで知られる）。

「記号と象徴」は一九四八年、これも『ニューヨーカー』に発表された。結末で読者を主人公夫妻の息子を苛む「言及妄執症」に追い込む手付きがあざやかだが、それを没落したロシア系夫妻の侘しい物語と絡める合わせ技がそれ以上に素晴らしい。

ポール・ボウルズ（一九一〇―一九九九）

ボウルズは一九四七年モロッコのタンジールに渡り、以後五十年以上タンジールで暮らし、「優雅な獲物」をはじめ他者との遭遇をめぐる鮮烈な物語を書きつづけた。一九四八年発表の「あんたはあたしじゃない」は、夜中に夢から目覚めて、ほとんど字も見えない暗いなかで一気に書いたという本人の言がありながらホラとも思えないような、奇怪ながら圧倒的な必然性を帯びている。訳者はさすがに明るいなかで訳したが、語りの強さに衝き動かされて勝手に万年筆が動いていったような感覚を持ったことを記憶している。

この衝撃的な物語が、基本的にはお洒落なファッション誌である『マドモアゼル』初出だというのもすごい。

フラナリー・オコナー（一九二五―一九六四）

フラナリー・オコナーは紅斑《こうはん》性《せい》狼瘡《ろうそう》という難病を患って三十九歳の若さで歿し、遺した創作は長篇二冊、短篇集二冊にすぎないが、アメリカ文学屈指の重要作家であることに疑問の余地はない。真剣な（敬虔な、というとちょっと違う気がする）カトリック教徒で、アメリカ南部に住む普通の人たちを描きながら、世界の宗教的・神秘的な部分に（往々にして、きわめて暴力的な展開を通して）触れる作品一篇一篇が強烈な読後感を残す。

一九五三年刊の短篇アンソロジー *Modern Writing I* に収録された「善人はなかなかいない」はその典型である。タイトルはベッシー・スミスなどの歌唱で知られる、一九一〇年代に書かれた流行歌から取っている（オコナーは出来合いの文句を全然違う意味に飛翔させるのが実に巧い）。長年、この短篇のすごさを説明できる自信がなくて大学の授業でも取り上げそびれていたが、ある年に思いきって読んでみたところ大変活発な反応が返ってきて、学生（読者）を信用すべし、とあらためて思い知るとともに、この作品の持つ力を実感した。

ここまで五篇、石による殺人、銃による自殺、飛び降り自殺未遂、強引な人格入れ替わりをはさんで銃殺……と、暴力的な内容が続くが、その事実以上に、暴力一つひとつがそれぞれ独自の衝撃をもたらすことに感じ入ってしまう。

フィリップ・K・ディック（一九二八―一九八二）

ディックが『高い城の男』『アンドロイドは電気羊の夢を見るか？』『ユービック』といった代表作を発表するのは一九六〇年代のことであり、五〇年代のディックはいまだ金のために書きまくる三文作家だった。ここに収めた「プリザビング・マシン」もそのようにして書かれ、*The Magazine of Fantasy and Science Fiction* 一九五三年六月号に掲載された。

ディックが書いた数多い短篇の中で、たとえば「小さな黒い箱」のように「宗教とは何か」といった大きな問題を考えさせる作品ではなく、少なくとも分量的には軽量級のこの一作を選ぶことに対しては異論もあろうかと思う。が、編者（柴田）はディックのこうした小品の馬鹿っぽさの凄みとも言うべき味わいが大好きなのである。もちろんこの作品を元に文明の本質を論じることだって可能だろうが、まずは、機械に楽譜を入れたらバッハ虫やモーツァルト鳥が出てくる……という馬鹿馬鹿しい、しかしどこかで深遠な思考につながりそうな気がしないでもない展開自体が肝なのだと思う。

ティリー・オルセン（一九一二―二〇〇七）

ティリー・オルセンには何冊かの著書があるが、その名声は主として、一九六一年に刊行された一冊の短篇集 *Tell Me a Riddle* に拠っている。中でも、ここで訳した「あたしはここに立ってアイロンをかけていて」と、表題作の"Tell Me a Riddle"（なぞなぞ教えて）の二篇は数々のアンソロジーに収められている。「あたしはここに立って……」は一九五六年、"Help Her to Believe"（あの子が信じる手助けを）のタイトルで雑誌に掲載された。

この短篇を初めて読んだのは大学院生のときだが、読んで本当に驚いた。一番上の娘を育てた体験を母親が電話口で、若干の後悔とともに、けれどそれにも増して「でもあれ以上何ができただろう？」という思いとともに語るその語り口のリアルさに驚いたのである。美しいというのではないし、力強いというのでもなく、ユーモアとかアイロニーとかいった言い方でも片付けられない、本物の真正さとでも言うほかないものが一行一行にみなぎっていた。

先駆的なフェミニズム作品として学術研究の対象にはなってきたのに、日本語への翻訳がいままで為されてこなかったのも、この声の異様な豊かさに誰もが尻込みしてきたからだろう。もちろん当方も完璧な訳を提供できたとは思っていないが、少なくとも第一訳者となる栄誉は得られるかと思いきや、利根川真紀さんの編訳『母娘短編小説集』に先を越された（二〇二四年四月、平凡社ライブラリー、「私はここに立ってアイロンを掛け」）。表題作"Tell Me a Riddle"はいまだ未訳である（五十年近く連れ添った夫婦の諍いを描くこの作品の声は、おそらくもっと、難物）。

ジェームズ・ボールドウィン（一九二四―一九八七）

リチャード・ライト、ラルフ・エリスンとともに「黒人作家三羽烏」と見られることが多かったボールドウィンだが、三人のうちで死後も一番読まれつづけているように思える（むろんライトもエリスンも重要な書き手だが）。公民権運動などに深く関わるとともに（二〇一七年にアメリカで公開され日本でもかなりの反響を呼んだドキュメンタリー『私はあなたのニグロではない』はボールドウィンのこの側面に焦点を当てている）、一九五六年に発表した長篇第二作『ジョヴァンニの部屋』では黒人が登場しない白人男性カップルの物語を書く、といういま思うと凄いことをやってのけている。

一九五七年に『パーティザン・レビュー』に掲載された「サニーのブルース」は、白人の暴力の脅威、ドラッグの脅威に対抗する武器として音楽が謳い上げられる力作短篇。作品の真ん中あたりに現われる、黒人の家族や友人が集まって過ごす日曜の午後に迫る闇の描写などは、アメリカ文学全体の中でもベストの部類に属す名文だと思う。

ジャック・フィニイ（一九一一―一九九五）

ジャック・フィニイは十九世紀に恋していた人である。『ふりだしに戻る』（一九七〇）などを読むと、ここまで臆面もなくセンチメンタルに十九世紀愛を表明されたら、もうこっちとしても好きにならざるをえないか……と思わされる。

「愛の手紙」でも十九世紀愛が短篇に凝縮されている。もちろん、望まぬ男と結婚しなければならない、という時代の制限が肯定されているわけではないが、そうした時代に住んだ一人の女性は、二十世紀の女性たちより間違いなく肯定されている。

一九五九年八月一日の『サタデー・イブニング・ポスト』に掲載された。『サタデー……』はたとえば一九三〇年代にスコット・フィッツジェラルドに高額の原稿料を払って彼の生活を支えた雑誌のひとつだが、五〇年代末にはすでに斜陽期に入っていた。まあそれも「愛の手紙」に相応しい気がする。

バーナード・マラマッド（一九一四―一九八六）

長篇『店員』（一九五七）も胸に沁みるが、マラマッドの真価はやはり短篇にあるように思える。あらかじめほぼ単語レベルまで決めて書いているという結末はしばしば心に焼き付く（たとえば、シャガールの絵画に比されることも多い「魔法の樽」の結末）。

「白痴が先」は『コメンタリー』一九六一年十二月号に掲載された。マラマッドの小説に出てくるユダヤ人たちはだいたいいつも疲れていて、イディッシュ訛りのその英語に感嘆符（！）が伴うことはめったにないが（この作品でも「！」が付された言葉はほとんどが非ユダヤ的な

――つまり非人情な――ユダヤ人によって発せられる）、そういう疲れたユダヤ人の典型たる、死期の迫った（というかもう死んでいるはずの）老人メンデルが最後に怒りを爆発させる……その瞬間は何度読んでも心を揺さぶられる。

以上十篇、アメリカ短篇小説の黄金時代の豊饒さを味わっていただければと思う。『アメリカン・マスターピース』のシリーズもこれで三冊目である。当初は全三巻という構想だったが、どうやらあと二冊は作らないと、途方もなく豊かな水脈を正当に伝えられないのではといまは思っている。

このアンソロジーを作るにあたっては、構想・編集の作業から煩雑な版権取得手続きまで、スイッチ・パブリッシングの槇野友人さんに全面的にお世話になった。ありがとうございます。

初出一覧

＊今回の収録にあたって、加筆・訂正しています

くじ　『英文精読教室　第1巻　物語を楽しむ』、研究社、二〇二一年

バナナフィッシュ日和　*monkey business* 3、ヴィレッジブックス、二〇〇八年、のちJ・D・サリンジャー『ナイン・ストーリーズ』に収録、ヴィレッジブックス、二〇〇九年、河出文庫、二〇二四年

あんたはあたしじゃない　『ダブル／ダブル』、白水社、一九九〇年、のち『英文精読教室　第2巻　他人になってみる』に収録、研究社、二〇二一年

プリザビング・マシン　*MONKEY*32、スイッチ・パブリッシング、二〇二四年

白痴が先　*Coyote* 28、スイッチ・パブリッシング、二〇〇八年、のちバーナード・マラマッド『喋る馬』に収録、スイッチ・パブリッシング、二〇〇九年

その他は訳し下ろし

柴田元幸〔Shibata Motoyuki〕
1954年生まれ。米文学者、東京大学名誉教授、翻訳家。ポール・オースター、スティーヴン・ミルハウザー、レベッカ・ブラウン、ブライアン・エヴンソンなどアメリカ現代作家を中心に翻訳多数。著書に『生半可な學者』、『アメリカン・ナルシス』、『ケンブリッジ・サーカス』、訳書にジャック・ロンドン『火を熾す』、トマス・ピンチョン『メイスン&ディクスン』、ジョナサン・スウィフト『ガリバー旅行記』など。2017年、翻訳の業績により早稲田大学坪内逍遙大賞を受賞。現在、文芸誌『MONKEY』の編集長を務めている。

柴田元幸翻訳叢書

アメリカン・マスターピース　戦後篇

2024年12月20日　第1刷発行

著　者
シャーリイ・ジャクスン他

編訳者
柴田元幸

発行者
新井敏記

発行所
株式会社スイッチ・パブリッシング
〒106-0031　東京都港区西麻布2-21-28
電話　03-5485-2100（代表）
www.switch-pub.co.jp

印刷・製本
株式会社精興社

ISBN978-4-88418-649-4　C0097　Printed in Japan